UN REPARTO DEPLORABLE

(Los casos de Vega Martín 4)

UN REPARTO DEPLORABLE

(Los casos de Vega Martín 4)

Lorena Franco

Los hechos y los personajes de este libro son ficticios, así como algunos escenarios recreados especialmente para esta historia. Nada de lo que aquí se cuenta está basado en... Así que cualquier parecido con la realidad es pura coincidencia.

Un reparto deplorable
(Los casos de Vega Martín 4)
Copyright © Lorena Franco, 2025
Diseño cubierta: J.B.
Imágenes de cubierta: ©ysbrandcosijn123 ©Julenochek / iStockphoto

Todos los derechos están reservados
Primera edición digital: Junio, 2025
ISBN: 979-8307910504

También disponible en audiolibro en exclusiva en **Audible**. Una producción de **Audible Studios**.

La vida es como una obra de teatro,
pero con un reparto deplorable.

OSCAR WILDE

LA ÚLTIMA NOCHE DE LIDIA LETANG

Dehesa de la Villa, Madrid
Noche del miércoles, 11 de septiembre de 2024
22.30 h

El molesto pitido de un claxon es lo primero que alerta a los vecinos de la controvertida presentadora de televisión Lidia Letang.

Y es que no hay nada peor que ser vecino de Lidia. Cuando no es el ruido de las continuas reformas, porque nunca nada queda a su gusto, son las fiestas que celebra hasta las tantas de la madrugada. ¿Y qué me dices del incordio que es tener a los paparazzi ocupando la calle cuando a Lidia le da por provocar al personal con algún titular escabroso? Ah, y lo indecorosa que se vuelve cuando se emborracha. Es que es un escándalo tras otro, así no hay quien viva tranquilo.

Raúl Encina, el resignado vecino de al lado, sale de su chalet en pijama. Después de lo que le hizo a Lidia, no debería salir; enfrentarse a ella podría ser peligroso, pero, si no, ¿quién demonios va a parar ese ruido? Cree que Lidia debe de tener algún problema. Seguramente, exhausta y borracha como una cuba, se ha quedado dormida, con tan mala suerte que su cabeza ha caído contra el claxon. Raúl no anda muy desencaminado, pero…

… a medida que se acerca y el pitido se vuelve más intenso, se percata de que algo no va bien. El coche de Lidia ha descendido la ligera rampa y ha chocado contra la puerta por la que se accede a su garaje. Bueno, no sería la primera vez que le pasa, va pensando Raúl de camino al coche; sin embargo, cuando se planta frente a la ventanilla bajada del asiento del copiloto, se le revuelven las tripas al enfrentarse a la realidad.

Lidia mira a Raúl fijamente desde la muerte.

—¡¿Qué pasa, Raúl?! —pregunta Luisa desde una de las ventanas del piso de arriba de su casa, la que queda frente a la de Lidia.

Raúl es incapaz de contestar. Apenas puede pensar con claridad.

Luisa vuelve a encerrarse en casa, que se apañe Raúl, que es quien tiene que sufrir ese pitido, pues su dormitorio da a la otra calle y lo ha oído por casualidad. El resto de vecinos deben de pensar lo mismo, ya que no se han dignado a salir porque será lo de siempre: la famosa presentadora se ha emborrachado, ha perdido el control de sí misma y ya la está liando.

Lidia tiene los ojos abiertos, unos ojos sin vida

pero aún con brillo, que reflejan que el reciente final la ha pillado por sorpresa. El cuello laxo, la cabeza inerte girada hacia la derecha, la sien apoyada contra el claxon, en el centro del volante, los labios pintados de rojo, un rojo intenso como la sangre que le resbala por la cara.

Raúl prefiere que le revienten los tímpanos antes que tener que apartarle la cabeza del volante, tocar un cadáver. En la sien del lado derecho luce un agujero sanguinolento del tamaño de un hormiguero, el resultado de una bala que ha perforado su cerebro.

Mientras Raúl corre en dirección a su casa en busca del móvil que se ha dejado en la mesita de noche del dormitorio, una sombra sigilosa sale de su escondite y huye calle abajo fusionándose con la oscuridad de esta noche negra y sin luna.

CAPÍTULO 1

En la salida de Salsabachata Avenida América
Noche del miércoles, 11 de septiembre de 2024
23.10 h

Vega y Levrero salen de su segunda clase de salsa y bachata entre risas.

—Es que no se puede ser más torpe —le chincha Vega—. He perdido la cuenta de las veces que me has pisado, tengo los pies destrozados. ¡No vuelvo más!

—Oye, que no es tan fácil como parece, he hecho lo que he podido —se defiende Levrero, riendo, en el momento en que su móvil vibra en el bolsillo trasero de los tejanos. Su sonrisa se desvanece en el acto. Por la hora que es y procediendo de comisaría, predice que no son buenas noticias—: Dime, Sánchez.

Vega espera paciente en mitad de la calle de Coslada a que Levrero, que escucha atento y con gesto grave a su interlocutor, corte la llamada. El plan era ir hasta Malasaña, picotear algo en alguno de los bares que cierran tarde y dormir en el piso de Vega, pero cuando Levrero corta la llamada y emite un profundo suspiro sacudiendo la cabeza, ambos saben que la noche va a ser muy distinta a como la habían planeado. Gajes del oficio.

—¿Sabes quién es Lidia Letang?

—Claro, la presentadora —contesta Vega con inquietud.

—Un vecino la ha encontrado muerta en el interior de su coche. Disparo en la sien. ¿Me acompañas? La agente Palacios está de guardia, ya debe de haber llegado.

—Sí, vamos.

—Otro caso mediático, Vega. No sé si tanto como el de los autores, pero... —resopla—. Llamas a Daniel o...

—No —niega Vega—. Mañana, quizá...

—Como quieras —acepta Levrero de camino a su coche, pensando que la negativa de Vega es una señal para apartar a Daniel de este caso.

Hace un par de meses, después del caso Leiva, Vega pudo disfrutar de unas vacaciones en Menorca. Lo que no esperaba, era compartir las mejores dos semanas de su vida con Levrero. Pasaron unos días increíbles en la isla: callejearon por sus calles empedradas, disfrutaron del pequeño pueblo de Binibeca con sus casas blancas apiñadas, de los chiringuitos, de las playas de arena blanca y agua cristalina, de las calas rocosas con aguas turquesas, de Mahón, la capital, y de su acantilado, desde donde tienen varias fotos guardadas en sus respectivos móviles de los dos juntos y felices, bronceados y relajados, con las vistas del puerto a sus espaldas.

El día antes de que Vega y el comisario volvieran a Madrid sin dar explicaciones de dónde habían estado o qué habían hecho durante el verano, Daniel empezó sus vacaciones con Helena, la abogada, con unos días extra que se le debían, por lo que apenas ha coincidido con Vega.

Que Daniel filtrara información a la misma periodista a la que por dinero también le dio detalles sobre los crímenes del Asesino del Guante y que Vega, aunque cabreada, lo encubriera una vez más y no volvieran a hablar desde la noche en la que él se presentó en su piso para desvelarle el pasado de Levrero, se ha convertido en un quiste que no ha parado de aumentar de tamaño. La relación entre los inspectores es tensa, y eso que Vega no tiene ni idea de que Daniel se atrevió a chantajear al comisario. Demasiados silencios, incluido el de Vega con Levrero, que, a su vez, no le ha contado nada de los asesinatos cometidos por su exmujer ni ella se ha atrevido a confesarle que lo sabe. Algo así va a estallar de un momento a otro, pero ¿cuándo?

—Va a ser un caso complicado —predice Levrero, rompiendo el silencio y metiendo primera para emprender el camino hasta Dehesa de la Villa, a unos veinte minutos de distancia de donde se encuentran—. Letang era una mujer conflictiva con muchos enemigos. No se callaba nada. Últimamente, le dio por las teorías conspirativas, metiéndose con gente importante. Puede haber sido cualquiera, seguramente alguien que se la tenía jurada. Se creía intocable. Invencible. La han demandado como veinte veces por acoso, difamación, injurias y calumnias… ha ganado algún caso pero en otros ha tenido que desembolsar una pasta. Decía que los jueces estaban comprados, que ella era inocente de todo lo que se la acusaba, y aun así, nunca ha parado de destapar trapos sucios.

—¿Y eso es malo?

—Lo es cuando inventas o no tienes pruebas y solo lo haces para perjudicar a quien te cae mal o para que hablen de ti. Y Letang dio mucha información falsa solo para destacar, perjudicando a gente inocente. Pero vende. Vendía. Las cadenas televisivas se la rifaban, aunque llevaba un tiempo de capa caída.

—Hace un par de años presentó un programa sobre crímenes y desapariciones, ¿no?

—No, dos años no, no ha pasado tanto tiempo. Creo que cancelaron el programa el verano pasado —la corrige Levrero—. *Toda la verdad* fue su último programa. Duró en antena seis meses porque la liaba cada dos por tres con bulos. Analizaba crímenes, entrevistaba a testigos y a familiares de las víctimas asesinadas, acudía a los lugares de los hechos… El problema es que, a veces, lo que decía no tenía ni pies ni cabeza. Llegó a obtener un permiso para ir a prisión y entrevistar a Silvio Orozco, el asesino de Elba Lorenzo, ¿recuerdas el caso?

—Sí, el de la chica de dieciséis años que una noche

15

salió de fiesta y no regresó a casa —se lamenta Vega, pues lo que le ocurrió a Elba no es un caso aislado.

—Ese cabrón la violó, la mató y se deshizo de su cuerpo tirándola a un pozo. Tardaron siete meses en encontrar sus restos. Letang se atrevió a insinuar que la policía había detenido a Silvio sin pruebas, por desesperación o para proteger al verdadero culpable, el hijo de un rico empresario según sus fuentes, unas fuentes inexistentes, porque no existía tal empresario rico ni ningún hijo que hubiera cometido un crimen tan atroz. Y también dijo que a Silvio nunca le dieron el beneficio de la duda ni opción a defenderse y que el culpable seguía en la calle, cuando lo cierto es que tenía varias denuncias por acoso y una cámara de videovigilancia lo había captado siguiendo a Elba la misma noche en la que desapareció. Tenían pruebas concluyentes para encerrarlo, y ojalá se pudra en prisión muchos años más, que ya sabes cómo es la justicia en este país... El caso es que Letang mentía más que hablaba y no era una buena persona. La llegaron a grabar con cámara oculta diciendo que Elba se lo había buscado, que qué manía tienen las chicas de ir por ahí enseñándolo todo.

—Menuda imbécil —espeta Vega con rabia—. ¿Por qué defendió a un asesino? ¿Qué interés podía tener en hacer algo así?

—Dar de qué hablar. Porque el programa peligraba, los índices de audiencia no eran buenos... A saber. La visita a Silvio en prisión con cámaras y toda la parafernalia hundió el programa. Letang le hablaba con dulzura, como si la víctima fuera ese cabronazo en lugar de la chica a la que mató. Retiraron el programa a las pocas semanas tras varias manifestaciones y demandas a la productora y a la cadena.

—¿Puede que alguien haya enviado a matar a Letang? ¿Que haya sido un sicario? ¿O que la familia de Elba o alguien cercano esté involucrado en su asesinato?

—Yo no molestaría a la familia de esa chica, demasiado han sufrido ya, y no creo que tengan nada que ver. Estoy de acuerdo contigo en que parece cosa de un asesino profesional, aunque no quiero precipitarme. Es posible que detrás de este asesinato haya alguien importante, con buenas influencias y poder, pero lo dicho, todavía no demos nada por sentado.

—Alguien difícil de pillar… —reflexiona Vega.

—Exacto. Alguien muy difícil de pillar, pero no sería la primera vez, ¿no?

—Nada es imposible —dice Vega con seguridad, dispuesta a afrontar el reto—. Habrá que ir tirando del hilo hasta dar con la verdad.

CAPÍTULO 2

Dehesa de la Villa, Madrid
Una semana antes

No era la primera vez que Lidia recibía una amenaza.

Sé lo que hiciste aquella noche.

Enseguida reconoció la letra torpe e imprecisa, más propia de un niño de primaria que de una persona adulta. Lidia se echó a reír. Las notas que le dejaba por debajo de la puerta del garaje le provocaban risa, y, además, en peores situaciones se había visto. La más reciente le había pasado factura por no ceder al chantaje de alguien en quien, erróneamente, pensaba que podía confiar. Así que, sin darle importancia, porque no tenía ganas de mover más hilos de los que ya había tenido que mover hacía escasos días, rompió la nota en cuatro trozos y la tiró a la basura en el momento en que su móvil sonó y el nombre de su hijo Thiago centelleó en la pantalla.

—¿Qué tal, Thiago? ¿Cómo va por Yale?

Thiago le costaba una fortuna al año y no paraba de darle disgustos. El año pasado tuvo que enviarlo a Yale para que continuara con la carrera de Ciencias Sociales y de la Comunicación, y así alejarlo de los problemas que se había buscado en Madrid. Pero lo cierto es que el chico no estaba bien y no había distancia que recompusiera los pedazos rotos.

—Mamá… mamá, quiero volver.

—No puedes, Thiago, ya lo sabes. No sé por qué insistes tanto, qué pesadez, hijo. Además, Juan está contigo, entre los dos os habéis apoyado siempre, ¿no? Os tenéis el uno al otro, así que seguid así y no me…

—Bosco… ¡Bosco, joder, era Bosco! ¿Es que no te importa nada? ¿Es que no tienes corazón? No, ya sé que no, que no sabes lo que es el remordimiento de conciencia —empezó a lloriquear, como si volviera a ser aquel crío quejica cuyas rabietas eran insufribles y se pasaba horas llorando si se caía, se daba algún golpe, se le ignoraba, o se le negaba cualquier capricho.

Lidia puso los ojos en blanco y resopló con frialdad.

—Bosco era débil. Tú no. Yo no he criado a un débil, ¿vale? Él no pudo soportar la presión ni superar sus adicciones, esas adicciones que os llevaron a… —Lidia se mordió la lengua para no continuar por ese camino—. Bosco decidió quedarse en Madrid a pesar

19

de las consecuencias, y recuerda cuánto le insistimos para que continuara estudiando Derecho en Yale, con vosotros. Pero tú tienes una nueva oportunidad, Thiago. Haz el favor de olvidarte de todo y centrarte en esta nueva oportunidad, en el futuro brillante que te espera, y apóyate en Juan —le pidió con severidad, pensando en la nota que había acabado de tirar a la basura.

A lo mejor tendría que haberse tomado esa amenaza en serio, y las otras de las que se había deshecho, pensó Lidia, agachándose y metiéndose debajo del escritorio para recuperar de la basura la nota rota en cuatro trozos.

Bosco, uno de los mejores amigos de Thiago desde que no levantaban un palmo del suelo, se suicidó el 9 de junio, cuando se cumplía un año de aquella noche que desquició a los chicos pero que Lidia, resolutiva como siempre, impidió que sus problemas fueran mayores. Prácticamente, los había librado de ir a prisión, así que su hijo, precisamente su hijo, no tenía derecho a echarle nada en cara. ¿Qué se había creído ese niñato?

Lidia se detuvo a pensar un momento.

¿Y si Bosco se fue de la lengua antes de emborracharse, ingerir somníferos, atarse a la cintura una de las numerosas piedras decorativas del jardín y hundirse en la piscina, aprovechando la ausencia de sus padres, que estaban de crucero? ¿Y si Bosco era el responsable de que ahora ella tuviera que aguantar esas amenazas ridículas que no llegarían a nada? No le sobraban los enemigos, algunos eran bastante peligrosos, y ahora esto... ¿Debía preocuparse?

—Oye, Thiago… —empezó a decir Lidia, sin su seguridad habitual—. Tú sabes si… ¿Bosco no diría nada de lo que pasó, no?

—¿Es lo único que te importa? Que mantuviera el pico cerrado solo para que tú…

—No, no, es que…

—Voy a colgar.

—Thiago, por favor, vamos a hablar. Podemos intentar…

Thiago cortó la llamada reprimiendo un «¡Te odio!» que no le dio tiempo a soltar. Esa breve y tensa conversación cargada de culpa, sería la última entre madre e hijo.

A Lidia no se le desataba un nudo de angustia en el estómago con cualquier cosa, pero esa noche marcaría un antes y un después. El resto de problemas se disiparon y la presentadora empezó a tener miedo. Miedo de que lo que pasó aquella noche, enviando a un inocente a la cárcel, regresara como un tsunami arrasándolo todo a su paso.

CAPÍTULO 3

Ahora, en Dehesa de la Villa, Madrid
Noche del miércoles, 11 de septiembre de 2024
23.52 h

A la agente Palacios no le sorprende ver a la inspectora Martín bajando del coche del comisario Levrero. Lleva meses pensando que entre Vega y Levrero hay algo; de hecho, ambos tuvieron vacaciones al mismo tiempo y volvieron a comisaría igual de bronceados y relajados. Que a lo mejor no, eh, que igual no es más que una coincidencia, pero que ahora hayan venido juntos cuando no estaban de servicio, acaba de confirmar las sospechas de Begoña, que al mismo tiempo piensa en Daniel. Porque es él quien debería estar aquí, con Vega, pero Begoña se ha dado cuenta de que los inspectores llevan un tiempo distantes y no hay que ser un lumbreras para palpar la tensión que existe entre Daniel y Levrero. Un culebrón en toda regla, vamos, una especie de triángulo amoroso en el que Begoña prefiere no meterse. Porque, por más que Daniel diga que está enamoradísimo de la abogada, debe de estar que trina con el comisario, ya que, para él, Vega siempre ha sido especial, incluso cuando ambos estaban casados.

Pero, como siempre, ver, oír y callar. Begoña se muestra discreta y profesional cuando Vega sale del coche de Levrero mientras él se queda unos minutos más en el interior. ¿Será para disimular?

Con un gesto seco de cabeza, Vega saluda a un par de agentes, a tres compañeros de la Científica y a Begoña, que la espera con los brazos en jarra tras el cordón policial, que pretende sin éxito alejar a los vecinos que han salido de sus casas *para ver qué pasa*. Afortunadamente, nadie alcanza a ver el cadáver de Letang, que sigue en el interior de su coche.

—Esto ha sido cosa de un profesional —le informa Begoña, mientras Vega camina hacia el coche con el morro estampado en la puerta del garaje del chalet de la víctima. Cuando un compañero de la Científica se retira, Vega echa un vistazo a través de la ventanilla bajada del asiento del copiloto—. La encontró el vecino del chalet de al lado, Raúl Encina. Es ese de ahí —añade Begoña, señalando a un hombre alto y atractivo de unos cuarenta y tantos años que está hablando con un agente—. Disparo en la sien. La cabeza de Lidia se desplomó encima del volante. El pitido del claxon era insoportable, así que, después de sacar varias fotos para el atestado, la hemos movido un poco hacia la izquierda.

Vega, en silencio, contempla el cadáver de la presentadora, a la que tantas veces ha visto generando polémica en televisión. Parece mentira que una mujer que irradiaba tanta fuerza y seguridad y parecía tener una personalidad arrolladora, ahora no sea más que un caparazón vacío. No hay nada más triste que un cuerpo sin alma.

En sus ojos castaños sin vida se refleja la sorpresa por la muerte inminente que Vega ha visto tantas otras veces. El disparo certero en la sien es confuso, porque podría haber sido un sicario, un profesional sin escrúpulos, pero hay algo en la escena que no encaja.

—¿La ventanilla del lado del copiloto estaba bajada? —le pregunta Vega a Begoña.

—Sí, eso ha dicho el vecino. Que cuando él ha salido de su casa para ver qué pasaba, la ventanilla ya estaba bajada.

—Y el resto de ventanillas subidas, ¿no? —Begoña asiente—. Eso solo puede significar que Letang conocía a su asesino. Que la detuvo antes de que a ella le diera tiempo a abrir la puerta del garaje y que, confiada, bajara la ventanilla —razona Vega, mirando a su alrededor, al tiempo que se aleja del coche para acercarse con paso seguro a Raúl, el conmocionado vecino que la saluda desorientado y con los ojos vidriosos—. Buenas noches —lo saluda Vega—. Soy la inspectora Vega Martín. ¿Puedo hablar con usted?

—S-s-sí… —balbucea Raúl, nervioso, y a Vega no le pasa desapercibida la fuerza con la que agarra su teléfono móvil, como si tuviera miedo de que se lo fueran a arrebatar.

CAPÍTULO 4

En el chalet de Raúl Encina
Dos meses antes

Normalmente, Raúl y Lidia se veían en casa de ella, pero esa noche calurosa de finales de julio, quedaron en la de él. Lidia estaba reformando la cocina por tercera vez en dos años, pues se había cansado de los muebles blancos y ahora los quería negros, y le dijo que todo estaba hecho un desastre, que era mejor que se vieran en su casa para un *polvo rapidito*. Tenía que hacer las maletas porque al día siguiente se iba a su residencia de Marbella.

Habían sido discretos y tenían suerte de que sus dos chalets estuvieran al final de una calle sin salida, por lo que ningún vecino cotilla podía saber que llevaban tres meses quedando para follar. Eso era todo, no había implicación alguna, solo atracción y una tensión sexual que quedó resuelta a las pocas semanas de que Raúl se separara y su exmujer se largara de casa. Un divorcio difícil en el que la ex de Raúl, pese a no haber tenido hijos, le reclamaba la mitad de su dinero. Un quebradero de cabeza tras otro. Porque la empresa tecnológica que Raúl había fundado con solo veinticuatro años, no pasaba por su mejor momento, la competencia era feroz. Si no encontraba una solución rápida, el banco le embargaría sus propiedades, empezando por el chalet de Dehesa de la Villa que tanto le gustaba, y su alto nivel de vida formaría parte del pasado. No podía permitirlo. Raúl era capaz de hacer cualquier cosa para mantener el imperio que tanto esfuerzo le había costado levantar, y fue una antigua novela de Sebastián Leiva (qué curiosa es la vida) la que le dio la idea.

Recibió a Lidia con la picardía habitual. No había preámbulos: un par de besos, caricias, y pasaban a la acción. Quién le iba a decir a la presentadora que unas discretas cámaras colocadas estratégicamente lo estaban grabando todo con un único fin: chantajearla con no distribuir ese encuentro sexual a cambio de dinero. Mucho dinero.

CAPÍTULO 5

Dehesa de la Villa, Madrid
Ahora

—Perdone, inspectora, es que estoy… —empieza a decir Raúl, guardando el móvil en el bolsillo de un pantalón corto de algodón que le va grande. Le tiemblan las manos, por poco no atina y se le cae el móvil al suelo—. Estaba en casa, a punto de irme a dormir, cuando he oído el pitido del claxon. Verá, es habitual que Lidia llegue… bueno, un poco perjudicada a casa. No es la primera vez que estampa el coche contra la puerta del garaje al bajar la rampa. Entonces, como el sonido del claxon no paraba, he salido a ver qué pasaba, si necesitaba ayuda o… y la he encontrado… Joder…

El vecino se lleva la mano a la frente y cierra los ojos con fuerza, como para deshacerse de la imagen del rostro sin vida de la presentadora.

—¿Tenían mucha relación? —quiere saber Vega.

—No, no mucha. Solo… solo éramos vecinos y… a

28

ver, lo típico, hola y adiós —contesta esquivo, con la vista clavada en el suelo—. Apenas teníamos relación.

Vega mira a Begoña, que comprime los labios y asiente. Ambas tienen la misma sensación: Raúl y Lidia tenían más relación de la que ahora él les quiere hacer creer.

—Ha dicho que la ventanilla del asiento del acompañante ya estaba bajada —sigue Vega.

—Sí. Sí, solo esa ventanilla. Por eso, al acercarme, la he visto… tenía la cabeza encima del volante, la cara ladeada hacia… me miraba…

A Raúl se le quiebra la voz, y no parece estar fingiendo. Vaya, para apenas tener relación con Letang, se muestra bastante afectado por su asesinato. Puede que sea el shock, y es comprensible. No todo el mundo está preparado para ver de cerca un cadáver, y mucho menos ser el primero en presenciar el escenario de un crimen, como es el caso. No es lo mismo morir de forma natural que de un disparo en la sien, pero aun así…

—Y después… —lo anima Vega a continuar.

—Eh… Después… Pues me había dejado el móvil en casa, así que he vuelto a entrar para llamar a la policía. Cuando he visto que llegaban, he bajado.

—Cuando ha salido de casa, ¿ha visto a alguien sospechoso por los alrededores? ¿Cuánto ha tardado exactamente?

—Pues… no sé, tres o cuatro minutos —contesta—. Cinco, quizá… Lo siento, yo no… no he calculado el

29

tiempo.

Tres o cuatro minutos. Cinco, quizá. Suficientes para que el asesino huyera calle abajo sin ser visto. ¿Habrá cámaras de seguridad? Los chalets de Lidia y Raúl gozan de mucha privacidad al estar ubicados al final de una calle sin salida. A los chalets de los alrededores se accede por la calle de abajo, así que apenas debían de coincidir con el resto de vecinos.

—Es normal, tranquilo —lo alienta Vega, mirando a su alrededor—. ¿No ha oído ningún disparo? ¿Nada?

—Nada, nada, hasta el pitido del claxon no se ha oído nada. O, al menos, yo no he oído ningún disparo. Quizá algún otro vecino, aunque es complicado, porque yo soy el que está más cerca de la casa de Lidia, así que… —Raúl, con aire derrotado, se encoge de hombros y sacude la cabeza—. Lo siento. No puedo decirles más. No sé más —zanja, mirando a Vega y a Begoña alternativamente.

—Gracias. Puede regresar a casa. Y, por favor, esté localizable por si necesitamos volver a hablar con usted.

—Va-va-vale… —tartamudea el vecino, dándole la espalda a Vega y a Begoña para entrar en su propiedad. Inmediatamente, cuando Raúl se adentra en su inmenso jardín, lo pierden de vista.

—Que apenas tenían relación, dice —murmura Begoña—. No sé.

—Me ha llamado la atención cómo agarraba el móvil, como si le fuera la vida en ello. Cómo le temblaba la mano al guardarlo en el bolsillo… no nos ha dicho toda la verdad.

—Raúl Encina —lo nombra Begoña—. Lo investigaremos. Por si las moscas.

Levrero, que ha estado pendiente del vecino con el que Vega y Begoña estaban hablando, se acerca a ellas.

—Parece que nadie ha visto nada ni ha oído el disparo, solo el pitido del claxon. El juez está al caer —les informa.

—Puede que el arma llevara silenciador —opina Vega, mirando a los vecinos congregados tras el cordón policial, y tendría sentido si se ha tratado de un sicario, aunque no cuadra que Letang bajara la ventanilla—. ¿Qué dicen? —pregunta Vega, señalando con un gesto de cabeza a los vecinos.

—Los vecinos no le tenían mucho aprecio a Letang, ninguno ha hablado bien de ella, y eso que de los muertos parece que no se pueda hablar mal. Resumiendo: la han tachado de alcohólica, de que llevaba un tiempo trastornada y sin empleo... Era complicada, montaba fiestas en casa hasta las tantas, cero empatía y respeto por el descanso de los vecinos, y en más de una ocasión han oído gritos, peleas... Hasta me han hablado del hijo, que se largó al extranjero hace un año porque no soportaba vivir con ella, y había veces que el ir y venir de gente famosa descolocaba al vecindario casi tanto como los paparazzi —les cuenta Levrero.

—Paparazzi que, como el juez no se dé prisa, se adelantarán —se teme Begoña, harta como Vega de este

31

tipo de sucesos tan trágicos y confusos como mediáticos—. Después de su último escándalo…

—¿Qué escandalo? —se interesa Vega.

—¿No te enteraste? —se sorprende Begoña, a pesar de estar acostumbrada a que la inspectora, que apenas ve la tele y no usa redes sociales, no se entere de los cotilleos de los famosos—. Si salió a la palestra hace solo un par de semanas, ha sido muy sonado.

CAPÍTULO 6

Dehesa de la Villa, Madrid
Dos semanas antes

El vídeo sexual de Lidia Letang estaba en boca de todos.

¿Quién era el desconocido con el que se estaba liando? No era una cara reconocible, no era famoso, ¿quién había filtrado el vídeo? ¿Por qué? ¿Quién se había atrevido a traicionarla?

Pese a que la mayoría de personas se posicionaban por primera vez en mucho tiempo a favor de la presentadora, pues nadie merece que su intimidad se vea ultrajada de una manera tan viral y salvaje aunque lleves años demostrando que no tienes corazón, lo cierto era que el vídeo tenía millones de reproducciones y no había nadie que pudiera detener el escándalo.

Lidia, que llevaba horas intentando contactar con Raúl sin éxito (no le abría la puerta de casa, donde llevaba días encerrado, no contestaba a sus llamadas, dejaba en visto sus wasaps…), no tardó en recibir la visita de los paparazzi. La esperaban en la calle, pegados a su puerta, entorpeciéndole el paso. El disgusto la había hecho adelgazar cuatro kilos en pocos días. Esa tarde, en cuanto los paparazzi la vieron llegar, rodearon su coche como hienas hambrientas para hacerle preguntas respecto al tema del momento:

—¿Qué piensa tu hijo?

—Está estudiando en los Estados Unidos, ¿verdad?

—¿Le ha llegado el vídeo?

—¿Quién es el hombre?

—¿Sabes quién ha filtrado el vídeo, Lidia?

—¿Vas a denunciar?

Los flashes de las cámaras cegaban a Lidia, que, con la mirada al frente destilando un odio visceral, sintió deseos de dar marcha atrás y atropellarlos a todos, especialmente a la periodista maliciosa que comentó:

—Para la edad que tienes, se te ve muy flexible, Lidia. ¿Haces Yoga? ¿Pilates? ¿Cuál es el secreto para estar tan bien a los cincuenta?

Lidia no vio a Raúl tras la verja de su casa observando el intrusivo instante en el que la presentadora salió del coche y empezó a empujar y a insultar a sus compañeros periodistas:

—¡Salid de aquí! ¡Fuera de aquí, joder! ¡FUERA! ¡OS ODIO! ¡OS ODIO A TODOS!

Qué espectáculo. Sensacional.

«Lidia Letang pierde los papeles».

—¿Cuándo aparecerás en algún programa de televisión, Lidia? Han dejado de lloverte las ofertas, hay quienes dicen que estás acabada —decidieron chincharla, dándole donde más le dolía, aun percatándose de que Lidia no parecía estar en sus cabales, algo que, por otro lado, era genial para seguir desprestigiándola.

«El mundo entero odia a Lidia Letang».

Las preguntas no paraban de amontonarse pese a ver a Lidia hecha una fiera. Los paparazzi, provocadores, siguieron increpándola unos minutos más, hasta que a la presentadora se le agotó la paciencia y volcó su ira contra las cámaras. Tiró al suelo cinco, rompió tres, la amenazaron con denunciarla. Lo único que Lidia quería era que la dejaran en paz, entrar en su casa y que la tierra la engullera, y todo porque el cabrón del vecino había filtrado el vídeo de su último encuentro sexual hacía cuarenta y ocho horas, por no haber cedido a lo que le pedía:

Seiscientos mil euros y este vídeo nunca verá la luz.

Un vídeo en el que ni siquiera Lidia reconoció al hombre con el que se la veía pasando un rato apasionado. Porque ese hombre no era Raúl, su rostro había sido sustituido por el de otro, rasgos mezclados, a saber quién era, puede que ni siquiera existiera.

«¿Cómo había hecho eso?», se preguntó Lidia.

Y es que no hay tecnología que se le resista a Raúl,

fan de los vídeos *Deepfake*, un truco de magia visual capaz de engañar a cualquiera.

CAPÍTULO 7

Dehesa de la Villa, Madrid
Ahora

—Imbécil. Imbécil, imbécil… —se reprende a sí mismo Raúl, borrando el contenido de su móvil: los numerosos wasaps intercambiados con Lidia, los primeros amables, picantes y cameladores, hasta llegar a los últimos: a los del chantaje, a los insultos de ella que él ignoró… y *el* vídeo. El maldito vídeo que tuvo que difundir porque no hubo manera de sacarle toda la pasta que Raúl sabe que tenía aunque se empeñara en negarlo.

48 horas antes de la difusión del vídeo sexual de Lidia Letang

—¿Pero tú estás loco? ¡No tengo seiscientos mil euros, Raúl! —le gritó Lidia, creyendo ingenuamente que Raúl

37

iba de farol o estaba de broma, ¡tenía que ser una maldita broma! No iba a difundir el vídeo de su último encuentro sexual. ¿Cómo iba a hacer algo así? ¿Qué necesidad tenía si las cosas le iban bien, si daba la sensación de que estaba forrado? ¿O quizá no y llevaba tiempo ahogado en deudas?—. ¿Cómo se te ocurrió grabarnos? ¿Por qué? —añadió entre dientes, verdaderamente dolida—. Es que, por más vueltas que le doy, no lo entiendo, Raúl, joder… Pensaba que tú…

Lidia se detuvo para mirar a Raúl con el desprecio que merecía. Intentaba aprovecharse de ella, usarla como un trapo. Había esperado a que regresara de Marbella para jugársela. Estaba claro que no podía confiar en nadie, y era triste y estaba harta de su miserable vida y de las personas que formaban parte de ella. Estaba harta hasta de su propio hijo, que le hablaba como si ella hubiera iniciado su descenso a los infiernos.

—¿Que yo qué? —se le encaró Raúl, esbozando una sonrisa irónica que le quería decir a Lidia que era él quien tenía la sartén bajo el mango.

—Pensaba que eras diferente —contestó Lidia con aire ausente—. Y ya veo que no, que eres un sinvergüenza como todos. ¿Sabes cuántos tíos han intentado aprovecharse de mí desde que me hice famosa? Incluso antes de separarme del padre de Thiago me salían tíos de debajo de las piedras para… pues no sé, igual para lo mismo que tú, para grabarme en la intimidad y sin mi consentimiento, para ir a hablar de mí a los platós de televisión, chantajearme, amenazarme, sacarme pasta… pero nadie había llegado tan lejos como tú, Raúl. Si este vídeo sale a la luz, te juro que…

—Dame lo que te pido y lo borraré —la interrumpió Raúl.

—¡Que no! —siguió negando Lidia, cada vez más enfurecida—. No lo publicarás. Tú también sales en ese vídeo, no serás tan estúpido de difundirlo.

Raúl rio. Su risa recordaba a los malos cutres de los cuentos, esos que nunca acaban bien. En el breve clip que le había enviado por wasap, a Raúl se le veía de espaldas, pero, para el vídeo entero con una duración de treinta y tres minutos que si Lidia no cedía al chantaje estaba dispuesto a publicar, su rostro no sería su rostro. Raúl no sería Raúl, sino un tipo que no existía. Lidia, una ignorante de las nuevas tecnologías, especialmente de las más avanzadas que podían hacerte creer cualquier cosa, no tenía ni idea del peligro ni de que eso se pudiera hacer, aun sabiendo que era el campo que Raúl dominaba.

—Si en veinticuatro horas no me transfieres seiscientos mil euros, en dos días ese vídeo estará en boca de todos —zanjó Raúl, segundos antes de cerrarle la puerta en las narices.

—¡Si publicas ese vídeo te juro que estás muerto! —le gritó Lidia.

Raúl no lo sabía, a estas horas de la noche todavía lo desconoce, pero Lidia no era de las que decía las cosas por decir ni juraba en vano. Raúl ignora que está tan muerto como Lidia. Aunque aún respire.

Ahora

Raúl, a oscuras en su dormitorio, se asoma a la ventana, desde donde no pierde detalle de todo lo que ocurre en la calle.

Lidia sigue en el interior de su coche. El juez todavía no ha llegado para ordenar el levantamiento del cadáver. La inspectora que lo ha interrogado ha empezado a hablar con algunos vecinos. También con Luisa, a quien ha visto señalar su casa. Raúl deduce que esa vieja metomentodo ha corroborado lo que él ya ha contado, que salió y se acercó al coche de Lidia por si necesitaba ayuda, siendo el primero en encontrarla muerta, lo que demuestra que no es un tipo rencoroso. Porque la última conversación que tuvieron fue violenta, claro, ¿qué esperabas, Raúl? ¿Que Lidia accediera a darte los seiscientos mil euros que le pedías a cambio de no difundir el vídeo sexual? Pese a haberle cerrado la puerta en las narices, a Raúl le dio tiempo a oír las amenazas de Lidia. Que lo iba a matar si su último encuentro sexual veía la luz, le gritó, y pensarlo ahora le da risa, porque él no ha conseguido el dinero y ha provocado que las últimas semanas de Lidia hayan sido un infierno, pero mira quién está muerta. Mira.

Y entonces, la risa de lunático que le ha provocado el recuerdo se desvanece, y solo espera que la policía no piense lo que no es, que ha sido él quien la ha matado y, al no tener tiempo de huir, ha hecho como que salía de casa y la ha encontrado muerta. A saber qué palabras ha empleado Luisa. A saber qué ha entendido esa inspectora que va acompañada de un tío alto que parece su sombra, mientras unas personas enfundadas en buzos blancos buscan huellas, sacan fotos... Esto es una locura, es algo que Raúl solo ha visto en las películas y ahora lo tiene delante de casa. Ver para creer.

Ha borrado todo rastro de su móvil y de su ordenador portátil, incluso ha bloqueado el número de Lidia, como si nunca lo hubiera tenido guardado entre sus contactos; sin embargo, cuando se percata de que un tipo le tiende a la inspectora un móvil metido en una bolsa de plástico, el móvil de Lidia, su mundo se desmorona. Lo descubrirán todo. Lo van a pillar. Seguro que Lidia ha guardado sus conversaciones. Sabrán que tenían una aventura. Que él la chantajeó, que difundió el vídeo... Verán que Lidia lo amenazó de muerte y quizá piensen que él se ha adelantado, pero ¿tienen pruebas? Ninguna. Claro que no. Si Raúl nunca ha tenido un arma entre las manos, qué pruebas van a tener. Aun así, maldice para sus adentros. Porque, antes de llamar a la policía, debería haber tenido la sangre fría de haberle sustraído el móvil a Lidia aunque hacerlo hubiera implicado tocar su cuerpo sin vida, y qué asco le hubiera dado hacer algo así. Más le vale largarse lejos antes de que vuelvan y lo acosen a preguntas que no quiere responder.

CAPÍTULO 8

Dehesa de la Villa, Madrid
En el interior del chalet de Lidia Letang
00.20 h

La llegada de los paparazzi ha espantado a los vecinos de Letang, que, somnolientos, cansados de estar de pie y después de hablar con Vega, se han encerrado en sus casas. Han querido evitar el montón de cámaras que, en menos de lo que dura un pestañeo, se han mezclado entre ellos. Lo último que quieren es salir en la tele, que los relacionen con la presentadora, ¡con la mala fama que se ha buscado!, o los acribillen a preguntas.

Los vecinos más cercanos creían que la presentadora acabaría mal. Un coma etílico, un mal viaje, una mala caída, ahogada en la piscina… ¿Pero asesinada? ¿Muerta de un disparo que le ha atravesado el cerebro y que nadie, ni siquiera Raúl, ha oído? Un asesino despiadado ha pasado por delante de sus casas y ha pisado las calles que ellos recorren a diario, ya sea a pie o en coche. Qué horror. Qué horror matar así, a sangre fría.

Es una desgracia, un asunto turbio, delirante, inesperado, y, sin embargo, da la sensación de que a nadie le ha afectado (ni extrañado) no la muerte, no (eso sería demasiado simple para Lidia Letang), sino su asesinato.

A-se-si-na-to.

Como si fuera algo habitual en España que a un rostro conocido le vuelen la cabeza. Hay maneras menos escandalosas de deshacerte de un famoso molesto. Un *infarto fulminante* en la habitación de un hotel, un accidente de coche *por exceso de velocidad*, un *tropiezo fatal* en una calle concurrida en la que nadie se ha dado cuenta de nada…

Tras la orden del juez, el cadáver de la presentadora viaja en el interior de una funda mortuoria en dirección al anatómico forense. Su cuerpo aún está caliente, como quien dice, y lo único que interesa es el titular que más venda en las próximas horas.

Vega, ignorando a los periodistas apostados tras el cordón policial, entra en el inmenso chalet de Lidia con Begoña, Levrero y el juez de instrucción. Los de la Científica van a tener trabajo. Es tan descomunal que no saben ni por dónde empezar, hasta que cruzan un salón con trofeos y piezas de arte de valor incalculable, y encuentran un despacho con un ventanal que da a la zona de la piscina.

Empezarán por ahí. Nada parece estar fuera de lugar. Hasta los libros están perfectamente colocados por tamaño, color de lomo y temática.

—No parece que fuera una mujer tan desastrosa como nos la han vendido los vecinos. La casa está inmaculada, todo limpio y reluciente, y no he visto un despacho tan ordenado en mi vida —comenta Vega, mirando a su alrededor, a las estanterías hechas a medida que llegan del suelo al techo, hasta dar con algo que llama su atención.

El lomo de un libro en apariencia antiguo sobresale un poco del resto. No se trata de una habitación secreta, la pared que hay detrás de las estanterías da al jardín, pero en cuanto Vega tira del lomo, los otros cinco tomos se despliegan como un abanico dejando al descubierto una caja fuerte que le sorprende encontrar medio abierta.

—¿Para qué ocultas una caja fuerte detrás de unos libros si te la dejas abierta? —inquiere Vega en un susurro, más para sí misma que para Begoña, que se encuentra cotilleando la selección de novela negra y *thrillers* de la presentadora, o para Levrero, absorto en las páginas garabateadas de una agenda con citas programadas hasta finales de noviembre—. Comisario, ¿puede acercarse un momento? —pregunta Vega, sacando una caja vacía cuya espuma interior tiene la forma de un arma que Levrero contempla con extrañeza.

—¿Letang tenía permiso de armas? —pregunta Levrero, captando el interés de Begoña, que se acerca a ellos—. ¿Un arma registrada a su nombre?

—Es lo que vamos a averiguar, comisario —contesta Vega, manteniendo las formas con Levrero delante de Begoña, a quien le ha dejado de interesar la librería de la presentadora para centrarse en algo más importante que, inevitablemente, la ata a su reciente asesinato: su vida.

CAPÍTULO 9

Dehesa de la Villa, Madrid, unas horas más tarde
Jueves, 12 de septiembre de 2024
5.00 h

No es la primera vez que Pancho Duarte, una sombra sigilosa en la oscuridad que oculta su rostro con la capucha de una sudadera negra, se mancha las manos de sangre por la gran suma de dinero que le paga Lidia Letang, a quien imagina durmiendo plácidamente en su mansión, mientras él está a menos de diez minutos de ejecutar la orden.

El mundo está a punto de amanecer con la noticia del asesinato de Lidia, aunque la mayoría, debido a las horas, todavía no se haya enterado de nada. Pancho es de los que no tiene ni idea de que *la jefa* ha pasado a mejor vida. No obstante, le parece raro de narices ver su coche estampado contra la puerta del garaje y un cordón

46

policial sellando la entrada.

—¿Qué chingados pasó aquí? —murmura para sí mismo, de camino al chalet número 4 como se le ha ordenado, con su inseparable Five-seveN en la parte trasera de la cinturilla.

Si a Pancho se le hubiera ocurrido venir a esta calle sin salida de Dehesa de la Villa hace escasos cuarenta minutos, habría pensado: «Pies para qué os quiero», o, lo que es lo mismo, habría echado a correr calle abajo con la esperanza de que ningún madero se hubiera percatado de su presencia. Los paparazzi se fueron mucho antes, sobre las dos y media de la madrugada, cuando tenían cientos de planos recurso y entendieron que el asesinato de la presentadora era muy reciente como para que ningún portavoz de la Policía Nacional les diera coba.

De la escena del crimen quedan los restos. La serpentina y la piñata desmembrada de un cumpleaños infantil. Pancho no le da importancia a esos *restos* que observa con el rabillo del ojo. A lo mejor a *la jefa* se le ha ido alguna fiesta de madre, sopesa, sin pensar ni por asomo que está muerta.

Sin perder más tiempo, el asesino a sueldo salta la valla del chalet número 4, el de Raúl Encina. En mala hora se le ocurrió chantajear a la persona equivocada. Aunque el cartel de la compañía de alarmas, *«Protección las 24 horas, aviso a la policía»*, sigue pegado en la fachada, Pancho, que es un profesional, sabe que Raúl no tiene alarma porque dejó de pagar los recibos. Por no tener, no tiene ni luz exterior, las solares apenas alumbran, la mayoría se han apagado.

Pancho recorre el jardín de la casa hasta llegar a la zona de la piscina, donde hay un par de puertas correderas por las que se accede al salón. Comprueba una. Cerrada. La otra. Abierta. Qué fácil. Qué despistada suele ser la gente que más miedo debería tener.

Ya está dentro. El silencio es sepulcral, aunque nunca hay que dar nada por sentado. Dándose unos segundos para que los ojos se le adapten a la oscuridad, coge el arma y, apuntando al frente, recorre las estancias vacías hasta toparse con unas amplias escaleras con forma de caracol, que sube lentamente y sin hacer ruido.

Hace cinco minutos que el taxi que llevará a Raúl al aeropuerto tendría que haber llegado. Nervioso, porque uno nunca sabe en qué instante su vida puede volar por los aires, mete un par de camisas más en la maleta que ha dejado encima de la cama, y vuelve a asomarse a la ventana con la esperanza de ver al taxi que lo aleje de la paranoia que ha invadido su mente.

Afortunadamente, hace rato que la policía y los paparazzi han abandonado la calle. Ahora está tranquila, como si no hubiera ocurrido nada, como si fuera una madrugada más, aunque no es que Raúl sea propenso a trasnochar o a madrugar; de hecho, no recuerda la última vez que estuvo despierto a las cinco de la mañana.

Sobre la medianoche, el chalet de Lidia ha cobrado vida un par de horas, haciéndole creer que era ella, que seguía con vida, pero los periodistas, el cordón policial y el coche estampado contra la puerta del garaje que no han movido, lo han devuelto a la realidad. Y la realidad ahora, horas más tarde, sigue siendo la misma y no va a cambiar por mucho empeño que le ponga: Lidia está muerta. Y su vídeo sexual va a recibir más visitas en las próximas horas que en las dos semanas que lleva subido, pero Raúl no va a llegar a saber nada de eso. Él, como Lidia, tampoco estará vivo para ver el amanecer.

Lógicamente, Raúl no ha dormido, ni siquiera ha deshecho la cama. Para qué. Nada más llegar al aeropuerto, elegirá un destino al azar y se largará. Pensar en desvanecerse le produce cierto alivio. Cuando la policía venga a buscarlo, ya que no tardarán en descubrir sus apuros económicos, que chantajeó a Lidia y que fue quien cometió el delito de propagar el vídeo sexual, ya estará ilocalizable y muy lejos de aquí. Podría incluso cambiar de identidad. Fingir su propia muerte y empezar de cero. ¿Cuánto cuesta un documento de identidad falso? ¿Será muy caro? Puede hacerlo. Las deudas dejarán de atormentarlo. Eso espera. Aunque la vida tiene una manera curiosa de hacer desaparecer tus problemas de un plumazo.

Por fin, Raúl ve aparecer el taxi que lo viene a recoger. Recorre a diez por hora la calle, hasta detenerse frente a la puerta de su casa. Al darse la vuelta para coger su maleta y largarse con lo puesto de una casa que ya es más del banco que suya, distingue el cañón de un arma apuntándolo a la frente. La situación provoca que la última sonrisa de Raúl mute a un gesto de horror que se le congela en el rostro en cuanto la bala le atraviesa la cabeza sin darle tiempo a emitir sonido alguno, a preguntar por qué, a gritar, a verle la cara al hombre que ha puesto fin a sus días (y a sus problemas mundanos).

—A la verga, culero —espeta Pancho, antes de devolver la Five-seveN a la cinturilla y sortear el cadáver para asomarse a la ventana, desde donde ve un taxi que, afortunadamente, no tarda en alejarse al ver que nadie sale del chalet.

En cuanto el taxi desaparece, Pancho sale de la casa de Raúl por la misma puerta corredera por la que ha entrado. Habría preferido que la víctima hubiera estado durmiendo. Es más fácil matar cuando tienes al de delante con los ojos cerrados y no mirándote con el terror que produce el cañón de una pistola apuntándote. Por eso, el momento favorito de Pancho para poner en marcha los encargos es de madrugada, a oscuras y cuando todo está en silencio, pero cada caso es distinto. Nunca sabes con qué te vas a encontrar.

Cualquiera que viera al sicario pensaría que se trata de un tipo corriente que se levanta temprano para salir a correr. Nada raro.

Cuando está lo suficientemente lejos de la zona, se sienta en una parada de autobús, se quita los guantes de piel y enciende el móvil. Lo primero que hace es mandarle un mensaje a *la jefa* para que le transfiera el cincuenta por ciento del dinero que falta, tal y como acordaron.

El trabajo está hecho.

Inmediatamente después, se lleva las manos a la cabeza al enterarse de que Lidia Letang fue asesinada anoche.

CAPÍTULO 10

En comisaría, Madrid
Jueves, 12 de septiembre de 2024

La noche en vela empieza a pasarles factura a Vega y a Begoña, que acaban de perder la cuenta de cuántos cafés llevan, cuando no son ni las ocho de la mañana. Dada la urgencia y el interés mediático que ha suscitado el asesinato de Letang que tiene a los de arriba de los nervios, Vega ya tiene encima de la mesa el informe de balística y Samuel, que ha llegado hace una hora a comisaría, les está echando un cable. Ojalá se dieran tanta prisa y emplearan tantos recursos con el resto de casos como está ocurriendo con el del asesinato de la presentadora.

Al hecho de que Letang poseyera un arma en casa que se encuentra en paradero desconocido, pero que no tuviera ningún permiso de armas y mucho menos un arma registrada a su nombre, se le añade el misterio de la nota escrita a mano que debió de romper en cuatro trozos para después arrepentirse y pegarla con celo. La encontró Levrero debajo del tapete de cuero que había en la mesa del despacho de la presentadora. La letra es torpe e infantil:

Sé lo que hiciste aquella noche.

—Informe de balística —murmura Vega, leyendo el informe en silencio antes de resumírselo a Begoña—: Calibre cinco siete por veintiocho. La única pistola que usa este calibre es la Five-SeveN, un arma semiautomática diseñada y fabricada en Bélgica por FN Herstal. Es muy poco habitual. Solo la usan los SWAT y algunas organizaciones criminales.

—La *matapolicías*.

—Sí, así la llaman. Es la única pistola capaz de atravesar algunos chalecos antibalas y blindajes ligeros. La hipótesis del sicario es factible aunque Letang bajara la ventanilla. Pero en el caso de que la pistola desaparecida de la caja fuerte de Letang fuera la que la mató, ¿qué hacía esa mujer con un arma tan rara en su casa? ¿Temía por su vida y por eso escondía un arma? ¿Quién se coló instantes antes sin forzar ninguna cerradura para sustraerla y emplearla contra Letang? Por cierto, ¿han avisado al hijo?

—Ey, Lidia recibió un SMS a las 5.50 —les informa

Samuel, sin que a Begoña le haya dado tiempo a responder a Vega que el hijo viene de camino, que resulta que estudia en Yale, y que calcula que llegará mañana por la tarde—. «El trabajo está hecho» —lee.

—Averigua a quién pertenece el número de móvil y desde dónde se envió el mensaje —ordena Vega.

—Bueno, hay algo más respecto al vídeo sexual, el último escándalo de la presentadora —añade Samuel—. De entre todas las conversaciones de wasap, destaca una con un contacto que tiene guardado en la agenda como «RAÚL VECINO». Tenían una aventura. En plan… «En tu casa a las ocho». «Qué polvazo el de ayer, ¿cuándo repetimos?». Cosas así… picantes. Ese tipo la chantajeó hace unas semanas, concretamente el 26 de agosto, cuando Letang regresó de Marbella según he cotejado en su Instagram. Si no le daba seiscientos mil euros, difundiría un vídeo que sería un escándalo y destrozaría su vida. «¿Qué vídeo?», preguntó ella, y él le mandó un clip de pocos segundos. En vista de que Letang no cedió al chantaje, difundió el vídeo entero hace dos semanas, que es cuando ella empezó a escribirle cabreadísima, vamos, lo normal, pero él no volvió a contestar.

—¿Raúl? —inquiere Vega, mirando a Begoña—. Raúl Encina, el vecino de al lado.

—Ya te dije que esos dos tenían algo más que una simple relación de vecinos de *hola y adiós*… Menudo sinvergüenza.

—Pero hemos visto el vídeo, Begoña. El tipo que sale

en ese vídeo no es Raúl.

—¿Podría tratarse de un vídeo falso? ¿Un *Deepfake*? —tantea Begoña, al tiempo que Samuel asiente, conforme con la hipótesis de su compañera. El engaño gracias a las nuevas tecnologías está a la orden del día.

—Podría ser. Raúl Encina, ¿no? —pregunta Samuel, haciendo una búsqueda rápida en la Tablet—. Ja. Aquí lo tenéis. Con solo veinticuatro años fundó SER ROBOTICS, una empresa de tecnología punta que parece que no pasa por su mejor momento. De ahí el chantaje, supongo, el tipo necesita pasta. Mucha pasta. Deudas, chanchullos, futuros embargos, una competencia feroz con el tema de la IA, que se nos va de madre, y varias demandas de trabajadores, que han quedado en la calle y sin cobrar... El caso es que es un cerebrito. Ponerle otra cara a su cara habrá sido pan comido para él —les cuenta, sin levantar la vista de la pantalla.

—Pues vamos a ver qué nos cuenta el cerebrito —decide Vega, devolviendo el informe de balística al sobre—. Buen trabajo, Samuel.

—¿No tendríamos que esperar a Daniel? —pregunta Begoña, mirando la hora en el reloj de pared, que marca las ocho menos cuarto de la mañana.

—El inspector Haro tiene otro caso del que encargarse —interviene el comisario Levrero con voz grave, resolviendo la mirada interrogante de Vega al añadir—: Hay tres chicas desaparecidas desde ayer por la tarde. Compartieron coche con no se sabe quién, a través de una aplicación creada hace solo una semana de esas en las que el viaje te sale tirado de precio, pero aquí, y para hundir a la competencia, aún más tirado. Porque no se trataba de compartir gastos, sino de que el conductor viajara acompañado, por lo que podía ofrecer el viaje gratis si así lo deseaba, sin cobrar ni un céntimo a los que viajaban con él. En este caso, esas tres chicas no pagaron nada.

Vega es consciente de que Levrero sospecha que Daniel ha filtrado información a la prensa en, al menos, un par de casos, y no conviene que se sepa demasiado sobre el reciente asesinato de Letang, que a estas horas empieza a estar en boca de todos. Lo que Vega desconoce, es que Levrero y Daniel se odian a muerte (por ella). Que Levrero no se fía de Daniel; de hecho, Vega tampoco se fía porque sabe que Begoña, la periodista, va a volver a sacarle información. El caso Letang es muy jugoso, todos quieren su parte del pastel.

—Entiendo. Begoña, Samuel y yo nos apañamos —acepta Vega, respecto al destino de Daniel—. Sobre el caso Letang, comisario: Raúl Encina, el vecino, el primero en encontrarla sin vida y dar aviso a las autoridades, es el responsable del vídeo sexual que se difundió hace dos semanas. Samuel ha estado revisando sus conversaciones de wasap. Estaban liados.

Samuel asiente y añade:

—Y en los últimos mensajes que Lidia le envió lo amenaza de muerte, lo cual es bastante irónico dadas las circunstancias.

—Inspectora Martín, agente Palacios, vuelvan a Dehesa de la Villa a hablar con el vecino —ordena Levrero—. A ver qué les cuenta ahora que tenemos esa información. Agente Hernández... —se dirige a Samuel, dubitativo—... siga revisando el móvil de Letang y sus redes sociales. Pese a las fiestas que sus vecinos aseguran que montaba, no parecía tener muchos amigos, o eso me ha parecido tras echarle un vistazo rápido a su Instagram.

—Lo de las fiestas es raro —opina Samuel—. Porque no, Letang no era muy querida... no parece que tuviera amigos, y mucho menos dentro de la profesión. Llevaba un tiempo de capa caída.

—Pero mientras haya fiesta, música, bebida gratis... cualquiera se apunta a un bombardeo. Da igual que la anfitriona te caiga mal, siempre hay más gente con la que relacionarte —expone Begoña.

—Samuel, indaga en el número que le envió el mensaje de que el trabajo estaba hecho y averigua desde dónde se envió —le recuerda Vega con prisas, cogiendo el móvil y las llaves del coche, sin que Levrero sepa de qué va el asunto. Ya se lo contará más tarde.

—¿Tenemos los resultados de balística? —pregunta Levrero.

Antes de irse, Vega le tiende el informe sin esperar a que el comisario, que les hace un gesto con la mano para que vayan tirando hacia Dehesa, comente nada.

Cuarenta minutos más tarde
En el despacho de Levrero

El inspector Daniel Haro ha entrado en el despacho del comisario Levrero hecho una furia. Samuel, a la espera de que el compañero de investigación tecnológica le dé una respuesta sobre el número de teléfono que contactó con Lidia a las 5.50 y al cual ha comprobado que ella llamó tres veces la semana pasada, se queda boquiabierto ante la exagerada reacción de Daniel. Jamás lo había visto tan enfadado. Ni a Levrero tan contento, con una sonrisa amplia y triunfal, de satisfacción o a saber de qué, que a Samuel no le extraña que a Daniel le dé rabia porque se la da hasta a él, que no tiene nada que ver con lo que sea que les pase.

¿De qué van esos dos?

—Llevo muchos años trabajando con Vega, no puedes apartarme de este caso. Además, soy de Homicidios, Levrero, no pinto nada en la Unidad de Desaparecidos, joder.

—Sí que puedo apartarlo del caso, inspector Haro, y es lo que estoy haciendo. Le necesito en el caso de la desaparición de las tres chicas. Sara Lozano, veinte años. Carlota Peña, diecinueve. Daniela Suárez, veintidós. Viaje de Madrid a Albacete, lo único que tenían en común es que las tres iban a la Feria de Albacete, que este año se celebra del 7 al 17 de septiembre. Para más inri, la reciente aplicación que resulta que no era oficial y se desconoce desde dónde la han creado, ha desaparecido durante esta madrugada después de llevar operativa solo una semana. Los de informática se están volviendo locos para localizar el perfil del conductor, y a las chicas se les pierde la pista al mismo tiempo, la tarde de ayer a las 17.30 en... —Levrero revisa unos datos en la pantalla de su ordenador—... la Carretera N-III, en Vaciamadrid, a la altura de una gasolinera Repsol. Ni rastro de sus teléfonos móviles, pero parece que fue ahí donde debieron de tirarlos por la ventanilla. En un principio, las chicas no tenían relación, no se conocían entre ellas, lo único que tenían en común era el destino: la Feria de Albacete —recalca—. Ayudarás a la inspectora Morgado. Es majísima, ¿verdad?

—No lo es.

«Pues ya tenéis algo en común», se muerde la lengua Levrero.

—Ya, pero es eficiente e intuitiva, veinticinco años la avalan, y sé que juntos formarán un gran equipo. Aún no han pasado veinticuatro horas, hay esperanza de que las chicas aparezcan sanas y salvas, que es lo único que importa. La inspectora Martín se apaña bien con la agente Palacios, que, como sabe, en el caso de Leiva fue la más resolutiva de todos, así que... adelante, inspector Haro, no hay tiempo que perder.

Si las miradas matasen, Levrero habría caído fulminado, pero ni para morirse tiene tiempo. Su móvil personal suena. Es Vega.

59

—Comisario… —saluda Vega. Levrero sabe que lo llama así porque Begoña está delante—. Raúl Encina no nos abría la puerta y me he tomado la licencia de entrar…

—Tendrías que haber perdido una orden —le reprende Levrero, pensando que el vecino de Letang (por lo que sea) ha huido, mientras mira con dureza a Daniel para que se largue de su despacho. Y eso es lo que Daniel hace, largarse, no sin antes dejarle claro a Levrero que va a lamentar lo que le ha hecho, dando un portazo que se cuela a través de la línea telefónica como si fuera un adolescente cabreado con la vida.

—¿Qué ha sido eso? —pregunta Vega.

—Tu amigo Daniel… que no tiene un buen día. Bueno, dime, ¿qué pasa?

—Que han asesinado a Raúl. De un disparo en la cabeza.

Veinte minutos antes
En Dehesa de la Villa

—Oye, jefa, al final nos vamos a hacer famosas —ha bromeado Begoña, mientras Vega aparcaba frente a la casa de Raúl con la vista clavada en los periodistas que pululaban en la calle acompañados de sus respectivos operarios de cámara.

—Pfff —ha resoplado Vega, levantando la mano para detener a los periodistas que, nada más verla, han hecho un amago de acercarse a ella para preguntarle si el vecino de al lado, que fue quien encontró a la presentadora sin vida, es sospechoso, que para qué vienen a hacerle una visita—. ¿Cómo saben que fue Raúl quien encontró a Letang? ¿Han hablado con algún vecino? —le ha preguntado a Begoña en un susurro, frente a la entrada del chalet de Raúl. Han llamado varias veces al timbre, pero no ha habido respuesta.

Cuando apenas han transcurrido cinco minutos desde que han llegado, un reportero, acompañado del cámara que ha enfocado el objetivo en dirección a Vega, se ha acercado y le ha preguntado con desprecio:

—Usted es la inspectora Vega Martín, la he reconocido de lejos. ¿Qué tal está, inspectora? ¿Cómo le va a su exmarido El Descuartizador en la cárcel? Han pasado unos años, pero usted debía de olerse algo, ¿verdad?

Vega, sin ser capaz de mirar al tipo que, creyéndose más listo que nadie, le ha preguntado por el asesino en serie de su ex, ha cogido impulso, ha saltado la valla, y se ha colado en la propiedad de Raúl.

—¡¿Pero qué haces?! —ha preguntado Begoña, que, pese a la temeridad y a la cámara grabando el momento, ha seguido los pasos de Vega—. Oye, Vega, sin una orden no podemos colarnos.

—Ya lo sé, pero Raúl no contesta y cómo... ¿Cómo iba a quedarme fuera después de lo que me ha preguntado ese imbécil? —ha replicado Vega, perdiéndose en la abundante vegetación del jardín de Raúl, desde donde la cámara no ha podido seguir grabándolas.

Vega, nerviosa, porque nada la altera más que su exmarido, ha seguido caminando hacia delante hasta situarse en el jardín trasero donde se encuentra una piscina con forma de riñón. Begoña ha sido la primera en intuir que algo malo ha pasado en la casa. Al dirigir la mirada a una de las ventanas de la planta de arriba que da a la calle, ha distinguido una gran salpicadura de sangre. La agente ha recorrido el jardín a toda prisa hasta situarse al lado de Vega, a quien ha encontrado observando el interior de la casa a través de una de las puertas correderas de cristal.

—Aquí no hay nadie.

—O sí… —ha murmurado Begoña—. Me ha parecido ver sangre en una de las ventanas de la segunda planta. Puede que solo sea un reflejo, pero…

Begoña y su vista de lince. Sin perder más tiempo, Vega ha intentado abrir una de las puertas correderas. Estaba cerrada. Ha probado con la otra, que ha cedido enseguida, ha mirado a Begoña, y ambas han decidido arriesgar. Hay casos en los que es mejor pedir perdón que pedir permiso, y este puede ser uno de ellos.

—¿Raúl? —lo ha empezado a llamar Vega.

No ha habido respuesta. Frente a la puerta de entrada, hay unas amplias escaleras con forma de caracol por las que se accede al piso de arriba, donde hay menos puertas de las que Vega y Begoña pensaban.

—Hacia la derecha, la puerta del fondo —ha indicado

Begoña, segura de que la puerta que le ha señalado a Vega es la de la ventana (supuestamente) salpicada de sangre.

—¿Raúl? —ha vuelto a llamarlo Vega, antes de abrir la puerta. La que les va a caer...

De una patada y sin tocar nada con las manos, Vega y Begoña se han adentrado en el horror de lo que ha ocurrido hace escasas cinco horas. Han encontrado a Raúl Encina muerto sobre un charco de sangre que ha brotado de su cabeza delante de la ventana que, efectivamente y tal y como Begoña ha visto desde fuera, tenía salpicaduras. Disparo en el entrecejo que ha deformado sus rasgos ahora exangües, sin vida. En la cama, una maleta abierta llena de ropa.

—Iba a huir —ha sopesado Vega—. Por lo del vídeo sexual que difundió, por las deudas o a saber. Sabía que volveríamos y no quería que lo encontráramos.

—Yo diría que eso —Begoña señala la maleta, el aparente plan de fuga de Raúl— lo hace parecer bastante culpable.

—¿Culpable de matar a Letang? Este tío era un cabronazo capaz de vender el alma de su madre por unos míseros billetes, pero no creo que fuera capaz de llegar a tanto. Lo que sí creo es que Letang cumplió su promesa. Que mandó a alguien para que se lo cargara, por eso lo del mensaje que recibió a las 5.50 de un número que espero que Samuel localice pronto. *El trabajo está hecho.*

—Encaja. Tiene bastante sentido —ha asentido Begoña, pensativa—. Y ahí tendríamos otro hilo del que tirar, ¿no? Me refiero a que es posible que no haya sido el primer encargo de Letang. ¿Recuerdas a Arancha Zamorano, la periodista, su eterna rival, que decía de ella que era un peligro para la sociedad?

A Vega no le ha sonado de nada el nombre de Arancha Zamorano.

—¿Que Arancha decía que Lidia era un peligro para la sociedad? —ha tratado de comprender Vega, a quien siempre le viene genial que Begoña, al contrario que ella, esté al tanto de la mayoría de cotilleos de famosos, personas que ni le van ni le vienen, pero cuyas vidas parecen interesar por el morbo que despiertan.

—Ajá. Hace un par de años, Arancha tuvo un accidente de coche. Murió en el acto. Se supo que manipularon los frenos, y aunque hubo investigación, nunca dieron con el culpable. Luego el tema se olvidó y…

—Entonces, crees que Letang… —ha murmurado Vega, confiando en la buena intuición de Begoña y contemplando el cadáver de quien, probablemente, ha sido la última víctima de la presentadora, aunque no haya sido su dedo el que ha apretado el gatillo.

—Podría ser. No creo que una mujer como ella se manchara las manos de sangre. Lo más probable es que siempre mandara a alguien y este encargo se ha hecho sin que el sicario supiera todavía que Letang estaba muerta. Habría que cotejar muertes violentas o en extrañas circunstancias de gente cercana a la presentadora o que se metieron con ella en algún momento. Transferencias sospechosas, retirada de grandes cantidades en efectivo, llamadas, algún mensaje más que diga que *el trabajo está hecho*…

—Voy a llamar a Levrero —ha decidido Vega—. Esto se ha puesto muy feo.

CAPÍTULO 11

Dehesa de la Villa
Una semana antes

Ser Lidia Letang no era fácil, sobre todo desde que no tenía trabajo y no le quedaba otra que aceptar el papel esporádico de tertuliana o invitada especial, aprovechando esos breves momentos para dar de qué hablar. Convertirse en el tema del momento, aunque solo fuera durante un par de días, era todo cuanto ansiaba en su triste vida.

Y ahora, que por culpa de Raúl parecía ser el centro del universo, el tema de conversación en todos los programas porque millones de personas la habían visto desnuda, vulnerable, follando con ese cabrón que además había sido capaz de cambiar su propia cara, ¿qué? ¿Qué?

Ella, que parecía no sentir, estaba dolida y hecha una furia con el vecino por el tema del vídeo sexual. No le veía nada positivo a la difusión de ese momento placentero que tenía que ser íntimo. Si lo llega a saber... Es que mira que tenía cosas de las que ocuparse, pero el temita no se le iba de la cabeza. Es posible que, con los años, aunque cada vez importe menos el qué dirán, los problemas escuezan más. Al padre de la propia Lidia le ocurrió. Pasó de ser un dictador, pobre de ella que llegara más tarde de las diez de la noche a casa, a ser un tipo sensible y llorón en la vejez. ¿Le iba a ocurrir eso a ella? ¿Iba a saber lo que era sentir un nudo estrujándote la garganta y emergiendo en forma de lágrimas? ¿Cuánto hacía que no lloraba? No había perdido la capacidad, nadie la pierde. Ahora tenía ganas de llorar. A todas horas. Pero a solas, siempre a solas, porque, si la veían llorar, perdería la poca dignidad que le quedaba. Y antes muerta que mostrarse frágil como una figurita de cristal.

Apenas salía de casa por miedo a que los paparazzi volvieran a increparla. Mira, fíjate, si hay un par ahí parados, esperando a que salga de casa con los ojos hinchados, ojeras y mala cara pese a no olvidarse de pintarse los labios de rojo, siempre de rojo porque un día le dijeron que disimulaba el dolor.

Lidia tampoco entraba en las redes sociales ni encendía la televisión. Que la odiaran le daba igual. La mayoría, aunque pensaran de ella que era una víbora y aun así vieran sus programas porque la gente es adicta a los líos mientras no les salpiquen, ignoraban de lo que era capaz. Pero algunos sí sabían que no podían echar pestes de ella, que si no, acabarían muertos como Arancha, que había ido demasiado lejos criticándola y machacándola, o como la jueza Verlasco, que la tenía en el punto de mira y casi la arruina. En este mundo frívolo y egoísta existe gente que, por unos cuantos billetes, te ayuda a deshacerte de *los incómodos*, que así era como Lidia los llamaba. Esos pocos *incómodos* sabían que, si se metían con ella, acabarían muertos a manos de Pancho o de algún otro de sus colegas, aunque ella siempre prefería a Pancho. Era el mejor. Se conocieron en Marbella por un amigo en común, un importante empresario, cliente de Pancho, que le aseguró a Lidia que el sicario también podría acabar con *sus problemas*. Y así fue como empezaron a colaborar. A Lidia le encantaba la gente sin escrúpulos, siempre y cuando no fueran contra ella, claro. Pancho, qué bien le caía Pancho, le regaló un arma como la que utiliza él, una belga muy rara, le dijo, que la protegería en caso de que alguien quisiera hacerle daño. De eso hacía... Lidia tuvo que hacer un esfuerzo por recordar la fecha. Año y medio, sí, fue tres meses antes de lo de la chica.

—Aunque haya pasado tiempo, creo que con la muerte de la jueza Verlasco nos la jugamos mucho, señora —le advirtió Pancho—. No he parado de darle vueltas al asunto.

Habían transcurrido tres años y el asesinato de la jueza seguía siendo un misterio. En la mente sin conciencia de Pancho, resonó el alarido que emitió el hijo adolescente de la jueza al hallarla muerta en el pasillo. Pancho alcanzó a oírlo desde la calle, cuando huía como huyen los cobardes, protegido por la oscuridad de la noche. Nadie le advirtió que el chico estaba ahí. Ni que el trauma, la rabia por lo ocurrido y las inseguridades, como ocurre en estos casos, perseguiría al joven de por vida.

—¿Y qué hago si me veo obligada a usarla? —preguntó Lidia con inquietud.

—Me llama de inmediato —contestó Pancho—. Por el momento, guárdela en una caja fuerte. Y cuídese.

Lidia solo se manchó las manos de sangre una vez. Y, aunque resulta más fácil pagar para que actúen por ti, tampoco le desagradó. Porque lo hizo para proteger a la única persona a la que quería: su hijo. Su ojito derecho. Su debilidad.

Sin embargo, ese momento regresó a Lidia como una maldición que se te clava y te persigue hasta la tumba. Desde aquella noche, como si le hubieran echado un mal de ojo (Lidia era supersticiosa desde niña), las ofertas laborales dejaron de lloverle, la cuenta corriente menguaba dado su alto nivel de vida y derroche, y parecía que una suerte nefasta la perseguía.

A la vista estaba.

Puto vídeo sexual.

Y las amenazas, esas notas ridículas y mal escritas que le empezaban a quitar el sueño. Porque Lidia sabía mejor que nadie de lo que es capaz de hacer una madre desesperada y cabreada. Había perdido la cuenta de las notas que le había colado por debajo de la puerta del garaje, sabiendo que Lidia siempre cogía el coche y casi nunca entraba por la puerta principal. Se las sabía de memoria:

MALA PERSONA.

No tienes corazón.

Arderás en el infierno.

Tu final está cerca.

Voy a acabar contigo.

Todas habían terminado en la basura. Todas salvo una, la última, la que, tras la llamada de Thiago desde Yale, acabó pegada con celo debajo del tapete de cuero de la mesa de su despacho, destinada a ser encontrada una semana más tarde por el comisario Levrero.

Lidia, sin sospechar que en una semana estaría muerta, llamó a Pancho para una nueva orden: que se deshiciera de Raúl. Se lo merecía. Por cabrón. Por traidor. Ya pensaría más adelante qué hacer *con la de las notitas* si se empeñaba en seguir con el juego.

Tras darle las indicaciones, Pancho le dijo:

—No me encuentro en España, jefa.

—¿Cuándo vuelves?

—La semana que viene. El miércoles al mediodía estaré en Madrid.

—Bien, pues te lo cargas el miércoles por la noche, o el jueves de madrugada, mientras está dormido —ordenó

70

Lidia, cortante.

—Así será —prometió Pancho, segundos antes de llegar a un acuerdo sobre la cantidad de dinero en efectivo que le iba a pagar. La mitad ahora. El resto cuando el *trabajo* estuviera hecho.

En el aeropuerto Adolfo Suárez, Madrid
Ahora

Pancho, adelantándose a los acontecimientos, se ha deshecho del móvil con el que se ha comunicado con Lidia y de su querida Five-seveN (esto último ha dolido), y ha comprado el primer billete que sale para México. Qué caro le ha salido el último encargo de Lidia, qué lástima que esté muerta, que se la hayan cargado y que se haya quedado sin la mitad del dinero pactado, pero no es algo que a Pancho le haya sorprendido. Ella solita llevaba años buscándose la ruina con su lengua viperina, con aquel programa de televisión que él vio un par de veces y que cabreó a tanta gente, con tanto odio exteriorizado pudriéndola por dentro.

Alguien como Lidia no podía acabar bien. Y alguien como Pancho tampoco, pero, por una vez, le parece que está a tiempo de librarse. Ha estado dos veces encerrado en prisión y no va a haber una tercera vez. Ni la curiosidad por saber quién le ha dado matarile a *la jefa*, lo va a retener más tiempo en España, el país que lo ha hecho rico, porque aquí, al contrario que en otros lugares, no abundan los sicarios.

Mientras espera a que salga su vuelo, Pancho le reza a *su* Señora de Guadalupe. Es un asesino sin escrúpulos, sí, una mala persona que no merece el aire que respira, pero su madre, que murió hace cuarenta años, cuando él solo tenía siete, dejándolo con el demonio del padre y de los tres hermanos que murieron jóvenes por la droga, le metió en la cabeza que su virgencita siempre estaría velando por él para así suplir su ausencia. Y parece que sus oraciones funcionan. A los cinco minutos, una voz por megafonía llama a los pasajeros con destino a México y nadie ha venido a buscar ni a retener a Pancho, que desaparece por la puerta de embarque mezclándose con el resto, como un viajero más. Un viajero con una identidad falsa, claro está, le costó una fortuna en el mercado negro hace unos años, prediciendo que, tarde o temprano, algo así acabaría ocurriendo.

A partir de ahora, Pancho es un fantasma.

Le esperan doce horas de vuelo y al fin estará ilocalizable en su querida tierra y nadie lo privará de su libertad, el bien que más se aprecia cuando durante años has carecido de él. *Su* Señora de Guadalupe lo acompaña como si fuera la madre que Dios le arrebató. Su virgencita, piensa Pancho, ferviente creyente, lo librará del mal que merece por todas las vidas que se ha creído con el derecho de arrebatar por el odio y la sed de venganza de *los otros* y por las necesidades económicas de él. Ha sido demasiado avaricioso. Debería haber parado hace años. Pero con estas cosas ya se sabe… el dinero crea adicción. Nunca era suficiente, siempre *necesitaba* más… En fin. Que sea Dios quien lo juzgue y lo castigue cuando suba ahí arriba. Nadie en el infierno de aquí abajo lo va a volver a encerrar.

CAPÍTULO 12

En comisaría
Tarde del jueves, 12 de septiembre de 2024

Hay mucha presión para encontrar al asesino o asesina de Lidia Letang. No han pasado ni veinticuatro horas desde el hallazgo del cuerpo, que espera frío en el anatómico forense la llegada de un hijo que, a estas horas, debe de estar volando para llorar no a la presentadora ni a la arpía polémica, un peligro para la sociedad según una presentadora a la que es posible que la propia Letang se quitara de en medio, sino para llorar a su madre. A *la* madre.

—Es que tiene que ser duro —comenta Begoña—. Puede que Letang fuera una mala persona, que a espaldas de todo el mundo encargara unas cuantas muertes de las que ha salido indemne, como la de Raúl, sin sospechar que ya no estaría aquí para verlo, pero era su madre. Y una madre… en fin, ya se sabe.

Han avanzado bastante en la investigación, aunque, de momento, muchas suposiciones y pocas certezas. El asesinato a sangre fría de Raúl Encina los ha dejado noqueados pese a sus acertadas hipótesis: Letang encargó su asesinato. Y ya saben a quién. Les sorprende lo fácil que ha sido. Probablemente lo hicieron de esta manera otras veces, la jugada les salió bien y se confiaron, algo atípico tratándose de un «profesional», por lo que han supuesto que la relación entre Letang y el asesino a sueldo era bastante cercana.

Hay revuelo en la calle sin salida de Dehesa de la Villa.

Horas después del asesinato de la polémica presentadora Lidia Letang, cuyo caso se encuentra bajo secreto de sumario, encuentran el cuerpo sin vida de su vecino, Raúl Encina, fundador de la empresa tecnológica SER ROBOTICS, con claros signos de violencia.

Los titulares se acumulan tanto como las preguntas sin respuestas, pero es un alivio que los periodistas estén más perdidos que Vega y su equipo.

Al asesinato de la presentadora se le suma el de su vecino, que no le resta protagonismo salvo por la inspectora Vega Martín. El vídeo en el que aparece colándose en el chalet de Raúl (¡la exmujer del Descuartizador!) circula por las redes sociales para disgusto de Levrero, que ya no sabe cómo defenderla ante los de arriba, nerviosos y cabreados por el impulsivo allanamiento de morada de la inspectora, que se ha saltado todos los procedimientos.

Sin embargo, a Vega no le afecta, ni siquiera lo viral que se ha hecho el vídeo que denota su excelente forma física a la hora de tomar impulso y saltar la valla, seguida de la agente Palacios, algo más torpe en el intento. De no ser por ellas, todavía estarían esperando la orden, Raúl se estaría descomponiendo en su dormitorio, y no sabrían qué significado tiene el último mensaje que Letang recibió: El trabajo está hecho.

Hay mucho que hacer. Vega no tiene tiempo de pararse a pensar en las consecuencias de sus actos. Se están poniendo en contacto con personas cercanas a Letang: periodistas, actores, presentadores, reporteros, tertulianos, antiguos jefes, la empleada del hogar que trabajó para ella durante veinte años hasta que la despidió el año pasado, la empresa de jardinería que se ocupaba del jardín de su chalet…

Avanzan. Poco a poco, pero avanzan.

El número de teléfono desde el que se le envió un mensaje a Lidia a las 5.50 diciéndole que el trabajo estaba hecho, pertenece a Francisco Duarte, más conocido como Pancho.

—Un perla que ha estado dos veces en prisión por tráfico de drogas y consta que tenía en su poder una Five-seveN, así que… blanco y en botella —informa Samuel—. Además, Letang tenía bastante contacto con él, que es lo que nos interesa. Tres llamadas la semana pasada, cada una de ellas con una duración de entre tres y cinco minutos. Y... —añade, mirando a Begoña—... yendo muy atrás en el tiempo, lo mío me ha costado y podemos dar gracias de que Letang no cambiara de móvil en los últimos cuatro años y que lo de borrar información no fuera con ella, coincide que también estuvo en contacto con Pancho cuando hace dos años Arancha tuvo el accidente de tráfico. Pero vamos, que han estado en contacto durante, al menos, los últimos tres años.

—Tres años —repite Begoña—. Puede que no solo tuvieran una relación profesional.

—Puede que también fueran amigos —sopesa Samuel—. Las malas personas se juntan con malas personas.

—O era la manera que tenía Letang de protegerse de Pancho. Con pruebas. Mensajes, llamadas... por si al sicario se le ocurría traicionarla. Puede que Letang no se fiara de él —opina Vega.

—Entonces fue ella. Letang mandó a ese tal Pancho a manipular los frenos del coche de Arancha —añade Begoña en una exhalación.

—Bueno, no nos precipitemos. Por lo que hemos podido cotejar, Letang y Pancho llevan años en contacto, hay llamadas y mensajes que los relacionan, aunque la relación sea, cuando menos, rara —trata de poner orden Vega.

Aunque la inspectora Martín piensa que es muy probable que, si detrás del asesinato de Raúl se esconde Letang por el vídeo sexual que él difundió, es plausible que también fuera ella quien encargara la desaparición de la periodista que dijo no una, no, sino hasta diez veces (lo ha visto en Youtube) que era un peligro para la sociedad, que sus programas eran basura, que era mala. Dañina. Veneno. Peor que un dolor. Está claro que ser y proclamarse enemigo de Lidia Letang podía ser mortal.

—¿Has podido localizar el móvil? —le pregunta Vega a Samuel.

—No. Después de mandarle el mensaje a Lidia desde la parada de autobús 82 y N20 en la calle Navalperal, a unos diez minutos andando desde el Pasaje de Colmenarejo, Pancho debió de ver las noticias y se deshizo del móvil. Ahí se le pierde la pista. Hemos mandado a unos agentes al apartamento que tenía alquilado, uno muy caro en el barrio de Salamanca, pero ha desaparecido. Su casera les ha abierto la puerta, dice que lo ha visto salir sobre las siete de la mañana cargando con una maleta y que ni la ha saludado. Estoy a la espera de que me digan si su nombre aparece en la lista de pasajeros de algún vuelo que haya salido esta mañana, espero tener la información esta noche. De momento, no tenemos nada más.

—Joder —blasfema Vega, Samuel y Begoña no saben si por la falta de información sobre Pancho, el supuesto sicario que Letang contrató y que tiene bastantes números de haber sido quien mató de madrugada a Raúl, o porque Daniel viene directo hacia ellos.

—¿Cómo va? —pregunta Daniel, provocando que Vega baje la mirada dándose de bruces con la nota pegada con celo metida en una bolsa de pruebas en la que alguien escribió: «Sé lo que hiciste aquella noche».

—Este caso se complica cada vez más —contesta Begoña—. ¿Cómo vas con la desaparición de las chicas?

—La aplicación la creó un chaval de quince años creyéndose el futuro Mark Zuckerberg, imagínate. Se le ha ido de las manos y, asustado, eliminó la aplicación anoche. Estamos tratando de rastrear quién era el conductor o conductora que quedó con las chicas.

—El mundo se va a la mierda —suelta Samuel, sorprendiendo a todos, pues es remilgado hasta decir basta y poco dado a soltar tacos, aunque, a fuerza de escuchar esta misma frase en boca de otros, se le ha pegado y, últimamente, la suelta cada dos por tres. Cuando Vega y Begoña han llegado a comisaría, Samuel, con complejo de vieja del visillo, les ha contado que Levrero y Daniel han discutido, y que ni idea de por qué no está trabajando con ellos, con lo bien que les iría en el rebuscado caso Letang.

La inspectora Morgado reclama la atención de Daniel. Se van cagando leches a Fuenlabrada. Después del susto, el chaval de quince años ha estado colaborando y han dado con la dirección del conductor. Los hombros de Vega se destensan cuando Daniel se aleja de ellos, pero no por mucho rato, porque Levrero, mirada severa, voz grave, qué cabreado parece estar con ella por haberse colado en casa de Raúl, llega con un nuevo informe de balística.

—El arma que mató a Raúl Encina es la belga, la

misma que mató a Letang. Calibre inconfundible de cinco siete por veintiocho de la Five-SeveN —les informa.

—No puede tratarse de la misma —indica Begoña—. Si Pancho mató a Letang, ¿qué sentido tiene que a las 5.50, minutos después de la hora aproximada en la que asesinaron a Raúl, le mandara un mensaje diciéndole que el trabajo estaba hecho?

—Puede que la caja vacía que encontramos en el despacho contuviera una Five-SeveN. Puede... —dice Levrero, mirando con el rabillo del ojo a una Vega ausente—... que Pancho le diera una. Con el número de serie borrado, sin registrar... Hay dos Five-SeveN, la desaparecida de Letang, que es probable que sustrajeran de su casa y usaran contra ella, y la de Pancho, que fue la que mató a Raúl. Un arma así no se consigue fácilmente, por lo que insisto en la posibilidad de que Pancho le diera una Five-SeveN a Letang. ¿Para que ella misma pudiera defenderse? ¿En qué andaban metidos para que Letang necesitara un arma en casa? Ya sabemos que tenían una relación cercana, ya fuera profesional o más íntima, que Pancho debió de hacerle algunos encargos, iremos averiguando cuáles, personas cercanas a la presentadora o que tuvieron algún problema con ella y murieran en extrañas circunstancias... Hay que volver a casa de Letang, barrerla aún más a fondo en busca de huellas. Averiguar quién tiene llaves de su propiedad. El exmarido, por ejemplo.

Samuel niega con la cabeza antes de decir:

—El exmarido, Roberto Lara, de quien Letang se separó hace tres años, lleva un par de semanas en Roma. He hablado con él al mediodía. Se ha enterado por la prensa de que Letang está muerta y, sin mucho interés, me ha dicho que volverá cuando pueda, que en los próximos días le es imposible por temas de trabajo. Que su hijo ya es mayorcito, que él mismo le ha pagado el vuelo a España y que se encargará del asunto.

—Que vendrá cuando pueda... —resopla Begoña—. La gente le tenía mucho cariño a Letang, ¿no? —ironiza.

Al contrario que en la mayoría de muertes, a la presentadora no la han convertido en una santa después de abandonar este mundo, sino todo lo contrario. La mayoría de comentarios son mezquinos. Que si por fin, que un monstruo menos, que con los que hay vamos sobrados, que con el daño que ha hecho ya ha tardado en morirse, que habría que hacerle un monumento al que le ha volado la cabeza, que el karma siempre vuelve y *esa* no merecía una muerte pacífica. Ningún compañero de profesión ha hablado al respecto ni le ha hecho ningún homenaje, de esos que uno lee y dice, pese a saber que puede servir de terapia para quien sufre una pérdida: ¿Para qué le escribe parrafadas eternas al muerto, si ya no lo va a leer? ¿Es que en la era de mostrarlo todo en redes ya nadie puede vivir el luto en privado?

—Ah, y el ex también ha preguntado por un perro. Que qué había pasado con el perro —recuerda Samuel.

—En casa de Letang no había ningún perro —replica

81

Begoña con extrañeza.

Vega vuelve a mirar la nota pegada con celo metida en una bolsa de pruebas.

—Nadie conoce mejor una casa que la empleada del hogar —murmura, pensativa—. Lo ven todo. Lo saben todo. Lo callan todo.

—Rosa Martínez —revela casi al instante Begoña, revisando la lista de personas cercanas a Letang con las que han contactado—. La hemos estado llamando, pero no contesta. Tenía contrato de trabajo, todo legal. Rosa trabajó para Letang desde 2003 hasta el año pasado. Después de veinte años, la despidió en junio de 2023 y, por muy increíble que parezca, porque la casa estaba reluciente, este último año no ha tenido servicio doméstico.

—Puede que Rosa aún tuviera una copia de las llaves de casa —cae en la cuenta Levrero, pensando, aunque ahora no venga a cuento, en advertir al equipo de que no informen de los avances de la investigación del caso Letang al inspector Haro.

—Rosa… ¿Y dónde trabaja ahora? —se interesa Vega, todavía con la nota pegada con celo entre las manos.

En un piso de Goya, Madrid
En ese mismo momento

Rosa, que estuvo veinte años trabajando bajo las órdenes

82

de la odiosa presentadora asesinada, lleva todo el día sin dar pie con bola, pensando que, en cualquier momento, la policía va a llamar al timbre de la casa de sus jefes y se la van a llevar retenida. Se le han roto dos jarrones que prevé que se los descontarán del sueldo, lo cual sería la ruina, porque ella no entiende mucho del valor de las cosas ni del afán que suele tener la gente de aferrarse tanto a lo material, pero es probable que cuesten más de lo que ella gana en un año.

Encontrarán las notas, como si con todo lo que se le iba pasando por la cabeza Lidia fuera a temerla y a entrar en razón. Las encontrarán y pensarán…

¿Qué hizo anoche?

¿Dónde estuvo?

¿Puede dar una coartada sólida?

¿Qué es una coartada?

¿Qué podría decirles, si cuando se pone nerviosa se le atasca la lengua y no es capaz de formar una frase completa y coherente?

¿Ah, y si la ven nerviosa, sospecharán de ella? ¿La encerrarán en una celda? ¿La gente que está en la cárcel es tan peligrosa como ha visto en las películas? ¿Habrá un juicio? ¿La gente la odiará por lo que creerán que ha hecho?

Su hija se avergonzaba de ella. Por limpiar la mierda de los demás. Por mal vestida y bajita. Por tartamudear a causa de los nervios, que la atacaban con frecuencia. Por escribir y leer mal. Por insegura, sumisa e inculta.

Por estar pidiendo disculpas siempre, como si el mero hecho de existir fuera una molestia para los demás. Por simple, es que no hay nadie más simple y anodina que ella, sin personalidad, sin mundo interior, sin vocabulario ni cultura, sin nada que ofrecerle al mundo.

Durante los diez minutos que le quedan antes de acabar su jornada laboral a las siete de la tarde, Rosa recuerda la última vez que vio a su hija. Lo guapa que iba. Es que cualquier trapito le sentaba bien. Lo mucho que se gritaron. Las lágrimas de después. Los interminables *ojalá* que se desvanecieron para siempre.

—¡Ojalá no fueras mi madre! ¡ME DAS PENA!

A cualquiera le habrían entrado ganas de levantar la mano y darle una bofetada a esa niña desagradecida que cerró la puerta de un portazo que hizo temblar las paredes, y que ya nunca regresó. Pero a Rosa no le entraron ganas de abofetearla. Jamás habría hecho algo así, y menos a alguien a quien quería tanto como a su hija. Porque Rosa sabía el daño que causaban los golpes. Primero fue el padre, cuando era niña. Después un novio que tuvo, que una noche salió por la misma puerta por la que vio salir a su hija, y no volvió a verlo. Él tampoco regresó, aunque el vacío, en ese caso, supuso un alivio en su día a día. Y lo malo no son los moratones que intentas cubrir con un poco de maquillaje o el dolor que se te clava en las costillas, no… lo peor es la herida abierta y sangrante que se te queda para siempre en el alma, haciéndote parecer una cobarde frente a un mundo que se te queda muy grande y del que a veces te planteas desaparecer.

«Porque total.

Qué hago yo aquí.

Si ella no está».

CAPÍTULO 13

Vallecas
20.30 h

Vega y Begoña llevan treinta y cinco minutos delante del portal número 9 de la calle del Puerto de Galapagar, en Vallecas, esperando a que aparezca Rosa Martínez, la exempleada del hogar de Letang. A pesar de las horas y el cansancio y el sueño que arrastran, ninguna de las dos quiere irse a casa sin hablar antes con ella. Cuando llevaban un buen rato llamando al timbre sin que al otro lado les respondiera nadie, una vecina que salía les ha preguntado qué querían.

—Hablar con Rosa Martínez. ¿La conoce? —ha contestado Vega con naturalidad y sin identificarse. No lo ha visto necesario.

—Sí, de toda la vida. Este verano ha estado trabajando en el bar de aquí al lado, aunque normalmente trabaja limpiando casas, se pasa el día fuera, pero llegará sobre las... ocho y media o nueve.

Son las ocho y media, cuando Vega y Begoña distinguen en la acera de enfrente a una mujer bajita vestida con un uniforme azul oscuro que camina con la espalda encorvada pese a no haber cumplido los cincuenta años. En su rostro de mejillas hundidas y surcado de arrugas, puede intuirse lo bonita que fue. Hay tristeza en su mirada, una mirada cansada y perdida hasta que parece despertar de su ensoñación cuando se entrelaza con la de la inspectora y la agente, especialmente con la de la inspectora, que es la primera en dar un paso en su dirección, y, entonces, para sorpresa de ambas, la mujer les da la espalda y echa a correr.

—Pero qué...

A Vega y a Begoña no les cuesta ningún esfuerzo alcanzarla a la altura del bar Carlos, donde a Rosa, que parece que se le ha caído el mundo encima, no le queda más remedio que detenerse, sin atreverse a levantar la mirada para enfrentarse a esas dos mujeres con aspecto de policías.

—Rosita, maja, ¿qué pasa? —le pregunta un hombre de mediana edad, saliendo del bar con un quinto en una mano y un cigarrillo sin encender colgando en la boca.

Si Vega y Begoña tenían alguna duda de que esta mujer es la que buscaban, se ha disipado. Rosa, que tiembla de arriba abajo, sacude la cabeza mientras el hombre, indiferente a lo que sea que vaya a ocurrir, se aleja unos metros y enciende el cigarro.

—Rosa, míreme, por favor. Soy la inspectora Vega Martín.

—Y yo la agente Begoña Palacios.

—Trabajó en casa de Lidia Letang durante veinte años, ¿verdad? —La mujer asiente sin mirar a Vega—. Solo queremos hablar con usted, Rosa —le dice Vega con calma, en el momento en que Rosa levanta lentamente la cabeza y las mira con el miedo reflejado en sus ojos vidriosos.

Lo que la mujer está pensando es que tiene suerte de que sean dos mujeres las que la van a detener en lugar de dos hombres. No se fía de los hombres, la mayoría le dan miedo. Por la poca empatía que le han demostrado desde que tiene uso de razón. Por la violencia que han empleado contra ella, siempre machacándola a golpes como si fuera un saco de boxeo. Por los insultos y las malas palabras. Por las humillaciones constantes. Rosa sabe que hay hombres buenos y mujeres malas, claro, fíjate lo mala que era Lidia, que ojalá arda en el infierno, pero con la mala suerte que ha tenido ella… no se fía. Es que no se fía de los hombres, no puede, es superior a sus fuerzas. La que se ha presentado como inspectora la mira con dulzura, o eso le transmite a Rosa, como si pudiera leer sus pensamientos y entender su pena, aun sin saber nada de ella. Ojalá alguno de aquellos policías bruscos que le hicieron preguntas antes de comunicarle que su hija estaba muerta pero que al menos le quedaba el consuelo de que hubieran atrapado al culpable, la hubieran mirado como lo hace la que se ha presentado como inspectora.

—Rosa, sabemos que trabajó en casa de Lidia Letang hasta junio del año pasado —empieza a decir Vega, extrañada por el hecho de que la mujer haya intentado escapar de ellas pero sin mencionar el momento, como si no tuviera importancia. Lo último que quiere es que se cierre en banda. Rosa, tensa, asiente con la cabeza sin ser capaz de decir nada—. ¿Cuando trabajaba en casa de Lidia, tenía una copia de las llaves? —Rosa vuelve a asentir—. ¿Aún las tiene? —Esta vez, Rosa dice que no con la cabeza.

A Begoña le transmite ternura. Y pena, mucha pena, igual que a Vega, pero no hay nada que le guste más a la agente Palacios que ir de farol y poner entre las cuerdas a la gente, y esta vez, por muy frágil que vea a Rosa, no va a ser distinto. Le muestra la bolsa de pruebas donde, en el interior, está la nota en la que pone: Sé lo que hiciste aquella noche. No encontraron más notas. A lo mejor, sabiendo que procedía de esta mujer en apariencia indefensa, la presentadora no le dio importancia y las tiró, recapitulando solo con esta nota, ya que la rompió en cuatro trozos y después la pegó con celo. O puede que no buscaran lo suficiente. Begoña está convencida de que hubo más notas. No sabe por qué, qué hizo Letang «aquella noche», «¿qué noche?», y, por lo miedosa que se muestra Rosa y su intento torpe de huir de ellas, Begoña sospecha que están delante de la mujer que las escribió. Rosa, con la nota delante de las narices, parece una persona rota, incapaz de disimular o mentir. Consternada, esquiva las miradas inquisitivas de las dos mujeres, comprime los labios y, abatida, mostrando que era una de las muchas personas que querían ver desaparecer a Letang, se echa a llorar.

—Usted le escribió esta nota a Lidia Letang —llega a la conclusión Vega, y antes incluso de que ocurra, Rosa se visualiza a sí misma con los brazos a la espalda y unas esposas aprisionándole las muñecas.

«Rosa Martínez, queda usted detenida por el asesinato de Lidia Letang».

Pero antes, tiene algo que decir, si es que las palabras no se le atascan en la garganta:

—Por-por-porque… esa… esa…

«¡Das pena, mamá! Ojalá no fueras mi madre, eres una inútil, ¡una inútil! ¡No sabes ni hablar, joder! ¡Me voy porque no te soporto!».

—Rosa, tranquilícese, por favor —le pide Vega cuando Rosa, como si por un segundo se hubiera ido lejos de aquí, cierra los ojos con fuerza.

—Ma-ma-mató… Lidia… e-e-ella… mató a mi hija.

Mismo lugar, tres meses antes
Viernes, 7 de junio de 2024

—¡Cayetanoooo! ¿Qué se te ha perdido por aquí? —se burló un chaval al ver a Bosco con el cabello engominado hacia atrás, el polo de color azul cielo Ralph Lauren, los impecables pantalones de pinza y los mocasines de Prada, quieto frente al portal donde sabía que vivía Rosa, la mujer a la que sus amigos y él habían destrozado la vida.

«Con un poco de suerte, me pegan una paliza y me quedo aquí muerto», pensó Bosco, que parecía un personaje desubicado al que habían colocado en esa calle del barrio obrero de Vallecas por equivocación.

Hacía un año que la madre de su amigo Thiago había despedido a Rosa, su empleada del hogar desde hacía veinte años, por razones obvias que ni la propia mujer había entendido. Joder, que la conocían desde que eran niños, prácticamente se habían criado con Érica, la hija de Rosa, y era una mujer adorable que siempre los había tratado con cariño, preparándoles la merienda que ellos querían (bocadillo de Nocilla), pese a las reprimendas de los padres, que preferían que merendaran fruta.

Además de limpiar casas, Rosa echa una mano en el bar Carlos, a unos pocos metros del bloque de pisos donde vive. Bosco, a espaldas de Thiago y Juan, le había seguido la pista. Y esa tarde, después de que el taxista que lo había ido a recoger a La Moraleja le preguntara si estaba seguro de que ese era su destino, Bosco había visto a Rosa detrás de la barra del bar a rebosar de clientes. Le daba igual tener que esperarla hasta la hora del cierre, porque ya no le quedaba más tiempo. En dos días estaría muerto y esa mujer merecía saber lo que le había ocurrido a su hija. Lo que le ocurrió de verdad, no lo que quisieron venderle. Se lo debía por tantas tardes cuidándolos y por tantos bocadillos de Nocilla prohibidos. Rosa lo había tratado siempre como a un hijo, mucho mejor que sus padres, con tendencia a ignorarlo por estar siempre demasiado ocupados con sus respectivos e importantes trabajos. Con ellos todo era *para después*. O *para nunca*. Con Rosa, aunque estuviera ocupada, siempre era al momento.

¿Cómo fueron capaces de hacerle eso? ¿Cómo era posible que Thiago y Juan se hubieran mudado a los Estados Unidos para seguir con sus estudios y con sus vidas como si nada, sin sentir ni una pizca de remordimiento por lo que había pasado?

Después de la última discusión que tuvieron, porque él se negó a abandonar Madrid, Bosco llevaba meses ignorándolos. No contestaba a sus wasaps ni atendía a sus llamadas. Mientras Juan había desistido, Thiago le seguía escribiendo un par de veces al día, aun sabiendo que sus mensajes se quedarían sin respuesta.

Si lo que le hicieron a Érica no les había removido algo por dentro, ¿lo conseguiría su suicidio? ¿Merecerá la pena matarse para que abran los ojos?

Él quería a Érica, por eso se había quedado atormentado en Madrid. Ese era su castigo. Para él, Érica no era solo un cuelgue como le había pasado a Juan, ni se moría por echarle un polvo, como decía Thiago. A ciertas edades, los sentimientos son confusos y el entorno elitista no era el más favorable, pero Bosco recordaba a su yo de doce años prendado de *la hija de la chacha*, que así era como la llamada despectivamente Thiago, y lo feliz que le hacía que lo mirara. Que Érica lo mirara, solo a él, ignorando a Thiago y a Juan, y le sonriera, y luego, de noche, en su cama, deseara con todas sus fuerzas soñar con ella. Y lo hacía. Bosco se había pasado toda su vida soñando con Érica. De hecho, ella aún se le presentaba en sueños. Pero la visión terminaba convirtiéndose en una pesadilla en la que el fantasma de Érica, con la cara deformada, le exigía respuestas.

Al contrario que Thiago y Juan, Bosco, muy sensible y con tendencia a fustigarse, no había podido quitarse de la cabeza *aquella noche*, aunque en realidad todo fue tan confuso que...

Los gritos de Érica.

Sus lágrimas.

La ropa rasgada, la piel enrojecida, las marcas...

Y el instante en el que el efecto de la coca, los porros y el alcohol se disiparon de repente, como si toda aquella sangre que brotó de la cabeza de la chica fuera el antídoto perfecto para sacarte del trance.

A dos días de cumplirse un año, a Bosco todavía le parecía imposible lo que había ocurrido. Lo que habían hecho. Y Rosa, que era quien más había perdido, pobre mujer, ¿cómo podía seguir adelante después de algo así?, merecía saber la verdad.

—Se lo merece, se lo merece, se lo merece —repitió Bosco en voz alta, y una anciana que pasó por delante de él se lo quedó mirando con desagrado, antes de pasar de largo.

A las nueve y media, una desmejorada Rosa salió del bar. Como siempre iba con la cabeza gacha y la mirada dirigida al suelo, no vio a Bosco hasta que este le cortó el paso que conducía a su portal.

—Bo-Bo-Bosco… —Thiago solía reírse del tartamudeo de *la chacha*. Bosco sabía que a Rosa se le enredaban las palabras cuando se ponía nerviosa, y su presencia debía incomodarla—. Qué… qué…

—Rosa, necesito hablar contigo —atajó Bosco con voz temblorosa.

—Qué… ma-ma-mayor y… guapo es-es-estás —terminó de decir Rosa, llevándose una mano a la boca y ahogando un sollozo.

—Puedo… ¿Puedo subir contigo?

«¿Para qué? Si no tengo nada que ofrecerte», pensó Rosa, pero como no sabía o no podía expresarse, se limitó a asentir.

Bosco iba un par de pasos por detrás de Rosa. Subieron las escaleras hasta el primer piso envueltos en un silencio denso. Al abrir la puerta de su humilde piso, la mujer le dedicó una sonrisa incómoda, como si se estuviera disculpando. Pero Bosco, que nunca había sido como sus amigos ni como sus padres, no se fijó en lo diminuto que era el piso ni en los muebles antiguos y la decoración escasa y barata. Bosco se fijó en el orden. En las fotos de Érica, en el altar que su madre le había hecho al lado de un pequeño televisor. Y, especialmente, en el olor a rosas que flotaba en el aire, un olor que le recordó a Érica. Y es que Rosa, como si así pudiera retener a su hija en un mundo que cada vez se le hacía más cuesta arriba, rociaba las estancias del piso con su perfume favorito, el que Érica se ponía poquito y solo en ocasiones especiales para no gastar el frasco.

—Qué piso tan agradable, Rosa —dijo Bosco con amabilidad, porque así lo pensaba de verdad, antes de dar comienzo a lo que había venido a hacer: desatar el infierno.

En el piso de Rosa
Ahora

Bosco sabía que Rosa sería incapaz de relatar por sí misma la verdad de lo que le pasó a su hija hacía un año, así que cogió su móvil, un móvil que ya no iba a necesitar en el lugar al que nos arrastra la muerte, y grabó desde el principio su testimonio, pensando que terminaría en una comisaría y que los verdaderos culpables, él incluido, serían juzgados. Pero Rosa no hizo nada de eso. No confiaba en las autoridades. Siendo quien era Lidia Letang, aunque medio mundo la detestara, seguro que harían oídos sordos, que a ella la tratarían de tonta o de que había obligado a ese chico a mentir, y que aquel pobre inocente seguiría en la cárcel por un asesinato que no cometió.

Caso cerrado.

Para qué abrir viejas heridas, ¿no?

Qué mal les haría quedar a la policía que ahora, un año después, se supiera que Fermín Lucero, el jardinero con discapacidad intelectual que trabajaba para la familia Silva, para quien también había servido Rosa, no fue quien forzó y mató a Érica. Sin embargo, ¿cómo dejar pasar algo así? Rosa escribía las notas, sí, lo primero que se le pasaba por la cabeza que resultara un poco amenazante, se acercaba al chalet de Lidia, y las pasaba por debajo de la puerta del garaje. Que sintiera miedo, culpa, lo que fuera, pero que sintiera que lo que había hecho no tenía perdón. Y que supiera que *la chacha* no era tan tonta.

Ahora, en su piso, delante de Vega y Begoña, Rosa, que no ha dejado de temblar y de llorar por la multitud de escenarios horribles que pasan por su mente, saca el móvil de Bosco de un cajón cerrado con llave. Él mismo lo desbloqueó para que se abriera sin necesidad de contraseñas ni huellas dactilares. También le dejó el cargador. Durante estos tres meses, Rosa ha ido cargando el móvil de vez en cuando. Ha escuchado la grabación tantas veces, que si tuviera la capacidad de hablar sin problemas podría repetir palabra por palabra lo que Bosco le contó.

Vega y Begoña habían venido a hablar con la mujer para preguntarle si tenía una copia de las llaves de la casa de Letang en la que estuvo trabajando veinte años, si la

96

nota (o más notas) la había escrito ella, si, en definitiva, había robado el arma y la había matado y por qué. Ellas han venido buscando un por qué. Pero, aunque enseguida se han dado cuenta de que a Rosa le cuesta hablar, que apenas es capaz de formar una palabra completa sin trabarse, se van a ir con más información de la que pensaban. Información valiosa que no deja en buen lugar a la difunta, que de víctima tenía muy poco. A cualquiera se le pasaría por la cabeza detener la investigación. Ponerse del lado de la mayoría y aplaudir a la persona que anoche le voló la cabeza a la presentadora. Hay pruebas suficientes para destapar que Letang estuvo detrás del asesinato de su vecino por haber filtrado el vídeo sexual que tanto la enfureció.

Pero, en unos minutos, las pocas dudas que había de que Letang mandó a un sicario a acabar con la vida de Raúl, se disiparán.

Porque fue ella.

Porque Lidia Letang era capaz de hacer cualquier cosa.

Porque era un peligro para la sociedad, ya lo advirtió aquella periodista cuyas verdades le costaron la vida.

Porque era veneno.

Una asesina despiadada sin corazón.

Y esto es solo el principio de lo que les queda por descubrir.

Grabación de Bosco delante de Rosa sobre lo que pasó la noche del viernes, 9 de junio de 2023

Hoy es viernes, 7 de junio de 2024. Mi nombre es Bosco Alcalá Falcó y en dos días estaré muerto. Lo que voy a relatar a continuación, ocurrió la noche del viernes día 9 de junio de 2023. En dos días se cumplirá un año de aquella noche que jamás debió existir y que me lleva persiguiendo y torturando todo este tiempo.

No puedo más.

Sentencia con la voz quebrada.

Un par de minutos de silencio.

De fondo, se oye a una mujer sollozar. Es Rosa.

Por eso, voy a contar la verdad. Y se la voy a contar a Rosa Martínez, la madre de Érica Martínez, y que ella haga lo que crea conveniente con esta grabación para que se haga justicia.

No sé por dónde empezar... sí, a ver... era viernes, tenía que ser una noche más en casa de Thiago. Thiago Lara Letang, hijo de la conocida presentadora Lidia Letang. También estaba presente Juan Sancho Aguilar. Thiago, Juan y yo éramos inseparables. Nos conocíamos desde pequeños, del colegio, y casi siempre solíamos ir a casa de Thiago, sobre todo desde que sus padres se habían divorciado. Porque nunca había nadie en casa. Porque podíamos hacer lo que nos diera la gana.

Debo reconocer que siempre me he dejado llevar por esos dos. Que todas las trastadas me las habían susurrado ellos al oído como si no fuera más que un títere, un chaval sin personalidad. Que si me hubieran dicho: tírate de un puente, lo habría hecho. Como un idiota.

Total, que esa noche había alcohol, coca y porros. Nos pusimos hasta las cejas. En un momento, no recuerdo la hora, Thiago, con su previsible sonrisa torcida que indicaba que se avecinaba algo, le dio un codazo a Juan y le dijo:

—Debe de estar al caer.

—¿Quién? —pregunté.

—Tenemos una sorpresa para ti —rio Thiago, y hoy su risa suena maléfica en mi cabeza, ¿sabes? Es como... como si volviera a aquel momento y predijera que algo malo iba a pasar, pero solo lo siento así porque ya lo viví. Entonces ¿qué iba a saber?—. Pero antes, esnifa un poco, anda, que está buenísima.

«Tírate de un puente».

Y yo me tiré.

Bebí.

Le di una calada profunda al porro que sujetaba Juan. Solo con oler el humo te colocabas.

Y esnifé coca por primera vez. No tenía ni idea, lo hice como había visto que lo hacían en las pelis, como antes había hecho Thiago y Juan, y la sensación fue...

Al poco rato, sentí que el cerebro me estallaba. Que se me rompía en pedazos. Que tenía cristales rotos en la cabeza, una cabeza hueca incapaz de pensar. Tuve que acostarme y cerrar los ojos porque me ardía la nariz, la casa entera me daba vueltas, las luces empezaron a parpadear, me imaginaba cosas raras, y después… después recuerdo oír un pitido que parecía sonar desde una galaxia lejana. Nada, era algo mundano, el timbre de la casa de Thiago. Lo siguiente que recuerdo es a Érica, preciosa, mirándome confusa porque debía de dar pena ahí, tirado en el sofá, y a Thiago dirigiendo sus pasos con la mano apretando fuerte, muy fuerte, su cintura. Me dio rabia que la agarrara así. Puede que se lo dijera:

—Suéltala.

Aunque creo que no dije nada. Que me limité a quedarme ahí, en silencio, mirándola traspuesto, mientras Thiago y Juan se reían.

—Siéntate con nosotros, Érica—le pidió Juan, dando una palmada en el sofá, y Érica, que era como yo, que si le decían ven, ella iba, se sentó a su lado—. ¡Pero más cerca, que no muerdo! —le pidió Juan a gritos, mientras seguía riéndose, y Thiago ahí, de pie, delante de nosotros, mirándonos de una manera que…

Bosco vuelve a detener el relato.

A su lado, se oye la respiración agitada de Rosa.

De fondo, el grito de la vecina del piso contiguo: ¡A cenaaaar!

Bosco se mantiene en silencio. Parece estar midiendo muy bien cada palabra, reviviendo instantes de esa noche en la que la coca, el alcohol y el porro que colocaba con solo olerlo, evaporaron algunos fragmentos y puede que distorsionaran un poco la realidad de lo que ocurrió.

Una realidad que nunca ha estado del todo clara en la memoria de Bosco.

Momentos antes de…

Palabras antes de…

No tengo ni idea de cuándo ni de cómo ocurrió. Me pesaban los párpados, el tiempo parecía ir muy lento, aunque a lo mejor iba muy rápido y hacía dos horas que Érica había llegado a casa de Thiago, y además veía borroso… pero giré la cabeza y vi a Juan comiéndole la boca a Érica. Ella no se resistía, o eso me pareció, y después Thiago gritó:

—¡Eh, tío, pero deja un poco para los demás! Apúntate, Bosco, que la hemos traído para ti. ¡Sabemos lo loco que estás por Érica!

No podía ni moverme. Cada extremidad de mi cuerpo pesaba toneladas. Estaba tan drogado, había bebido tanto…, que no podía hablar, rebelarme, gritarles que la dejaran, joder, porque yo… yo la quería, yo quería estar con ella, cuidarla, protegerla y…

Ante mis ojos, como si tuviera un velo que me impedía ver con claridad, Thiago, Juan y la propia Érica se volvieron tres figuras amorfas que se revolvían entre ellas y que parecían tentáculos de un pulpo moviéndose con frenesí. Érica, atrapada debajo de los cuerpos de Thiago y Juan, que se habían bajado los pantalones, se revolvía, ahora lo sé, intentaba quitárselos de encima, estaba gritando… ella… ella gritó. Que pararan, les imploraba. Me pidió ayuda. Pero yo… yo no pude. No pude hacer nada.

Balbuceé:

—Eh... eh, tíos, no...

Ni siquiera me oyeron.

—¡Vamos, Bosco, fóllatela! —creo que me dijeron—. ¡Mírala, tío, mírala! ¡La tenemos lista para ti! —gritó Thiago o Juan, no lo sé, puede que los dos al mismo tiempo. Sus voces se mezclan dentro de mi cabeza y es... sigue siendo confuso.

La empujaron. Siguieron riéndose de ella, de sus lágrimas, de su desnudez, de la situación...

Siento la crudeza de todo esto, Rosa, pero tengo que contarlo. No puedo quedármelo durante más tiempo para mí, me está destruyendo.

Bosco llora.

Rosa llora.

Ambos dirigen la mirada a las fotografías de Érica, viva y sonriente con todo un futuro truncado, cuyo cuerpo lleva un año pudriéndose bajo tierra.

—Si-si-sigue... Bos... Bosco. Por... por favor —le ruega Rosa en un murmullo.

Érica estaba semidesnuda, tirada en el suelo. Lloraba. Le habían roto el vestido, uno de flores veraniego con escote palabra de honor... Tenía las bragas en la mano. Thiago, Juan o ambos debieron de arrancárselas y se reían. Thiago y Juan se reían de ella mientras yo... yo no sé lo que hice, la verdad, pero vi que Érica tenía la piel roja. Sangre en la boca, un corte muy feo en el labio.

Las mejillas encendidas, arañazos en los brazos, en los muslos...

—Vamos, Juan, que no se escape —susurró Thiago cuando Érica hizo un amago de levantarse.

Y Juan se abalanzó encima de Érica y yo me abalancé encima de Juan, pero me apartó de un manotazo. En el estado en el que yo me encontraba, hasta un niño de cinco años podría haberme derribado.

El caso es que Juan se apartó. Y Thiago ocupó su lugar y la agarró del cabello con violencia, sus caras quedaron a pocos centímetros de distancia y él le dijo...:

—Como cuentes algo de esto...

Thiago no terminó la frase. Su madre, imponente como siempre, ya sabes cómo es Lidia, entró en el salón. Su llegada me despertó de golpe, los párpados dejaron de pesarme, y recuerdo que pensé: «Menos mal».

—¿Qué estáis haciendo? —preguntó con severidad, mirándonos con asco, como si fuéramos la mayor mierda del mundo, la expresión de su cara deformada por el enfado.

—Lidia... Lidia, ayúdame —le pidió Érica con la voz rota, intentando cubrirse los pechos al aire con las manos y logrando deshacerse de las manazas de Thiago, que bajó la mirada para no tener que enfrentarse a su madre.

Y entonces, por un momento, sin poder dejar de mirar a Lidia, se me pasó por la cabeza que Érica no estaba a salvo. Que la llegada de la madre de Thiago iba a empeorar la situación. No me equivoqué. Ante la presencia de Lidia, Juan estaba tan fuera de juego como yo. Thiago levantó la mirada un momento, superando el miedo atroz que le provocaba su madre, y asintió con la cabeza. No supe qué significado tenía ese gesto hasta que Lidia, con una calma que helaba la sangre, dio un par de pasos hacia la derecha en dirección a su vitrina de trofeos. Cogió uno con forma de pirámide que le habían entregado en 2002 como presentadora revelación, y, aunque Érica se anticipó a lo que Lidia iba a hacer e intentó escapar, ella la alcanzó y le golpeó en la cabeza con fuerza... con mucha fuerza.

Solo una vez.

La voz de Bosco es ahora un murmullo.

Solo una vez.

Érica, todavía de pie, tratando de entender qué había ocurrido, me miró. No le dolía, no daba la sensación de que le doliera, solo... solo se llevó una mano a la cabeza de la que empezó a manar sangre, mucha sangre y... y, de repente, cayó al suelo. Cayó sobre la alfombra, que empezó a teñirse de sangre. Creo... creo que su cuerpo se sacudió un poco, nada, un par de segundos, y después se le pusieron los ojos en blanco y dejó... dejó de respirar.

Bosco inspira hondo.

De fondo, se oye a Rosa llorar. No para de llorar y de gritar, esta vez sin tartamudear, fruto de la rabia:

—¡No! ¡No! Mi hija... mi hija...

Lo siento tanto, Rosa. Esto me... me quema demasiado, no puedo... desde esa noche, no puedo respirar. No puedo.

Lidia le dio una patada. Érica no se movía.

—Está muerta —declaró, sin dejar de mirar a su hijo—. Thiago, Juan, subíos los pantalones. Y, por vuestro bien, será mejor que no digáis nada de lo que ha pasado esta noche. A nadie, ni a vuestros padres —nos ordenó Lidia para, seguidamente, darnos la espalda y realizar una llamada.

A la media hora, todavía con el cuerpo sin vida de Érica en el salón, un taxista vino a recogernos a Juan y a mí. No hablamos durante todo el trayecto. Días más tarde nos reunimos, y les dije que me daban asco y que no quería volver a verlos en mi vida, conteniendo las ganas de pegarles, pegarles fuerte hasta desfigurarles las caras. Fue la última vez que vi a Thiago y a Juan. Lidia envió a Thiago a los Estados Unidos y detrás fue Juan. Juan siempre iba detrás… Trataron de convencerme de que me largara con ellos, como si por quedarme en Madrid fuera a arruinar mi vida, mi futuro…, que supongo que es lo que he hecho, echar mi vida a perder, y… Bueno, no sé más, Rosa, lo siento. Siento no saber más, no haber visto con mis propios ojos qué pasó después.

No sé cómo Érica acabó en la caseta de Fermín, el jardinero de los Silva, para quien trabajaste hace años, Rosa. Supongo que acabó ahí por eso, porque ese tipo os conocía y había cierta relación coherente para parecer culpable y detenerlo y… y tampoco sé de dónde sacaron tantas fotos de Érica que luego encontraron en los cajones de la cómoda donde Fermín guardaba los calzoncillos. Eran fotos de Érica hechas desde lejos en la calle, a la salida del instituto, con amigas en un parque, entrando en un supermercado... De veras parecía que ese hombre estuviera obsesionado con ella. Que la había forzado y que al final, al no conseguir su propósito, la había matado.

Supongo que terminaron de machacarle la cabeza con el pico del jardinero, disimulando el golpe que Lidia le había dado, el golpe que la había matado, y así fue como probaron que era el asesino. Al tener discapacidad, no fue difícil culparlo; de hecho, él no negó el crimen. Hasta el propio Fermín creyó o le hicieron creer que lo que decían que había hecho era cierto, que había forzado y matado a Érica, porque, si no, ¿cómo había acabado el cadáver en su caseta? ¿Qué sentido tenía?

Pero fue Lidia Letang. Thiago y Juan forzaron a Érica y Lidia la mató.

Declara Bosco con determinación, la voz más clara y nítida al acercarse el micrófono del móvil a la boca.

Rosa sigue llorando.

A Bosco le tiembla la voz.

Y esto es todo, Rosa. Todo lo que necesitas. El testimonio de un muerto. Dame dos días y después presenta esta declaración a la policía o haz lo que creas conveniente. Fermín no merece seguir un día más en prisión por un crimen que él no cometió. El domingo dejaré de existir. Pero la verdad, esta verdad, tiene que salir a la luz. Y que los verdaderos culpables paguen por lo que hicieron.

—No, Bosco, no... no... no lo hagas. Tú... tú no tuviste la... la... cul-cul-culpa.

Fin de la grabación.

En el piso de Rosa
Ahora

«El testimonio de un muerto».

Vega y Begoña tratan de mantener la compostura. Han oído de todo, han visto de todo, y aun así, hay testimonios que son capaces de helarte la sangre. En algún momento, hasta han necesitado contener la respiración y un escalofrío les ha recorrido el cuerpo.

Después de escuchar a Bosco, de visualizar a través de sus palabras la fatídica noche en la que Lidia mató a esa chica que las mira desde el altar de fotografías que su madre ha dispuesto en el salón, se les ha formado un nudo en la garganta. Es Vega quien logra recuperarse primero, rompiendo el silencio:

—¿Podemos llevarnos el móvil? —«Sí», contesta Rosa con un asentimiento de cabeza—. ¿Bosco murió? ¿Se quitó la vida? —Rosa vuelve a asentir con aflicción—. Tiene esta grabación desde hace tres meses y un inocente está cumpliendo condena en prisión... ¿Por qué no lo ha enseñado antes? ¿Por qué no acudió a la policía, tal y como Bosco le sugirió? —Rosa, un alma en pena, sacude

107

la cabeza y se echa a llorar—. Porque Lidia Letang todavía estaba viva —da por sentado Vega, y Rosa no le dice que no. No tuvo valor. Lidia le daba miedo. Y total, para qué, pensó, si no le harían caso. No pudo ir más allá de escribir aquellas notas que quería que sonaran amenazantes, que Lidia se acobardara, que le quitara el sueño saber que ella sabía lo que le había hecho a su niña—. Pero ahora que la asesina de su hija está muerta... —Vega inspira hondo antes de formular la pregunta que, desde el principio, se le ha pasado por la cabeza—: Rosa, ¿usted mató a Lidia?

«Ojalá», le dicen los ojos tristes de Rosa, el ejemplo claro de que, cuando un hijo muere, se deja de vivir aunque se siga respirando.

Por primera vez desde que ha conocido a las dos policías, Rosa responde a la última pregunta de Vega con seguridad y sin trabarse:

—No. No he sido yo.

CAPÍTULO 14

En el piso de Vega, Malasaña
Madrugada del viernes, 13 de septiembre de 2024

Levrero, que tiene una copia de las llaves del piso de Vega desde que volvieron de sus vacaciones en Menorca, la espera sentado en el sofá. Lleva horas atendiendo llamadas y ha leído varios artículos en los que hablan de la familia de Elba, a quienes Letang hizo mucho daño en su último programa, *Toda la verdad*, e indican que no quieren hacer declaraciones sobre el asesinato de la presentadora. Ahora, Levrero se encuentra frente al portátil viendo la última aparición de Letang en un programa matinal que tuvo la mala idea de invitarla, ya que aprovechó su intervención para poner a caldo a la ONU:

Pieza del programa *Los de siempre*
Miércoles, 8 de mayo de 2024

Lidia Letang, con las mejillas encendidas, apenas parpadea mientras habla, furiosa, a la cámara 3. Sus labios pintados de rojo se mueven frenéticos, son tan provocadores como el discurso que está dando. Acapara toda la atención. Sabe que será *Trending topic*, que ya lo está siendo mientras habla en directo, y es justo lo que quiere y necesita para que le vuelvan a dar un programa propio tras el último fiasco. Esto va de destacar, así es este mundo cruel con tendencia a usar y tirar, como si las caras conocidas no fueran seres humanos y detrás de esa máscara de aparente perfección no hubiera sentimientos, sueños, dolor, un corazón que late y se resiente por los golpes... Se trata de atraer a la audiencia. Siempre se ha tratado de eso. Y ella tiene experiencia, sabe cómo hacerlo.

A través del pinganillo, el director le pide a la moderadora que la calle, que Lidia está loca, que se le ha ido la olla y no sabe lo que dice, que el caso es meterse con alguien y crear controversia, pero lo cierto es que todos parecen estar hipnotizados con su ferviente discurso y nadie se atreve a interrumpirla:

—¡Esto es una vergüenza! Somos un rebaño de imbéciles. Lo demostramos durante la pandemia o, mejor dicho, la *PLANdemia* del COVID encerrándonos en casa, llenando las redes con el orgulloso hashtag #YoMeQuedoEnCasa, inyectándonos veneno, mostrando a los chorizos que nos gobiernan que pueden dirigir nuestras vidas y controlarnos como quieren. La organización mundial de la salud no puede decidir por nosotros. Tenemos que ser libres, nadie, ¡NADIE nos puede decir lo que tenemos que hacer! ¡Dejad de meternos miedo! Sois unos putos mercenarios, os dedicáis a asustar, vivís del miedo de la gente, pero el rebaño está a punto de despertar. Quien controla el miedo de la gente se convierte en el amo de sus almas, lo dijo Maquiavelo, y me viene como anillo al dedo, porque sí, porque la ONU os mete miedo. ¡Trabajan para que tengáis miedo! Nos quieren acobardados, encerrados, sumisos, borregos, nos quieren pidiendo permiso para salir, para trabajar, para respirar, mientras unos pocos se enriquecen a costa de…

Levrero detiene el vídeo cuando oye el cerrojo de la puerta. Vega irrumpe en el salón con aire cansado. Demasiadas horas sin dormir empiezan a pasar factura, y, sin decir nada, se tumba en el sofá. Solo espera que el comisario Levrero, que en su piso pasa a ser simplemente Nacho aunque sea inevitable hablar de trabajo, no le vuelva a echar en cara lo irresponsable que ha sido al colarse en casa de Raúl, pasándose por el forro el protocolo de actuación en estos casos.

—Las doce y media, Vega. Me da que las clases de bachata tendrán que esperar un tiempo. Con estos horarios es imposible —le dice Levrero, arrimándola a su hombro y dándole un beso cariñoso en la frente—. ¿Cómo ha ido? ¿Habéis podido localizar a la exempleada de Letang?

—Sí.

—Y…

—Y yo, en su lugar, le habría volado la cabeza, pero no fue ella.

—¿Estás segura? Nadie va a admitir que ha matado a alguien así como así y si tenía motivos…

—Estoy segura —lo corta Vega con contundencia—. Rosa fue quien le escribió las notas. Lo ha reconocido y en breve sabrás por qué, pero la pobre mujer es incapaz de matar a una mosca —añade, sacando un iPhone del bolso cuya pantalla desbloquea sin necesidad de contraseña. Abre la única grabación que hay en el icono de «Notas de voz» y se lo tiende a Levrero—. Tienes que escuchar esto, Nacho. Yo me voy a dar una ducha y a ver si puedo dormir un poco… No puedo más.

«Hoy es viernes, 7 de junio de 2024. Mi nombre es Bosco Alcalá Falcó y en dos días estaré muerto (…)».

La voz de Bosco que emerge del móvil que Levrero ha dejado sobre la mesa de centro, al lado del portátil con la imagen congelada de Letang, se va diluyendo para Vega a medida que avanza por el pasillo en dirección al cuarto de baño. No soportaría escuchar una vez más el testimonio de un fantasma. Mientras se desnuda, le da la sensación de que, si no se esfuerza por mantener los ojos abiertos, podría quedarse dormida en la ducha. Su cabeza no para, es un hervidero de pensamientos, uno detrás de otro, enlazándose entre ellos sin parar. Piensa en Thiago, que debe de estar a pocas horas de llegar a España. En cómo será capaz de mirarlo a los ojos y hablar con él sin que se le note el asco que siente por lo que le hicieron a Érica aquella noche.

«¿Qué van a hacer con el testimonio de Bosco, un chico que, dos días después de confesar la verdad de lo que le ocurrió a Érica, se quitó la vida?», se pregunta bajo el chorro de agua caliente que resbala por su piel.

Lo que tienen que hacer es encontrar al asesino o asesina de Lidia Letang, es lo que le dirá Levrero, y que esto, aunque importante, ahora mismo es secundario, aun teniendo que sacar a un hombre inocente de la cárcel que, debido a su discapacidad intelectual y a las pruebas manipuladas en su contra que encontraron en su caseta, no pudo o no supo defenderse.

Letang ya no está aquí para pagar por el asesinato de Érica, por el encargo de asesinar a Raúl y a saber a quiénes más, pero Thiago y Juan sí están, y deben pagar por lo que le hicieron a esa chica y por encubrir a la verdadera culpable de su asesinato.

«Aunque se tratase de su propia madre. Algo así no tiene perdón», piensa Vega.

Cuarenta y cinco minutos más tarde

Cuando Levrero termina de escuchar el testimonio de Bosco con el llanto de fondo de una mujer (Rosa, la exempleada del hogar de Letang y madre de esa chica, Érica), dirige la mirada a la pantalla del portátil con la imagen congelada de Letang. Al comisario le da la sensación de que Letang lo desafía a través del tiempo con su rostro crispado, los labios rojos en forma de «O», a punto de seguir soltando veneno por su boca, y los ojos entrecerrados y llenos de odio.

113

Levrero traga saliva y teclea en Google «Bosco Alcalá Falcó».

Sin resultados. Pero él, mejor que nadie, sabe que no todo está en internet, que hay *asuntos*, por así decirlo, que se pueden ocultar.

«Bosco Alcalá Falcó suicidio».

Nada. O el chico no tenía redes sociales o no las tenía con su nombre.

«Suicidio joven 9 de junio de 2024».

Bingo.

CHICO DE VEINTE AÑOS SE SUICIDA
EN LA PISCINA DE SU CASA

10 DE JUNIO, 2024

Durante la noche del 9 de junio, B. A. F., un joven de veinte años, se quitó la vida en la piscina de su casa de La Moraleja, aprovechando la ausencia de sus padres. Ha sido la empleada del hogar quien, a primera hora de esta mañana, ha descubierto el cuerpo del joven flotando en el agua.

Te puede interesar:
Suicidio en jóvenes: Lo que deben saber los padres.
Acerca del suicidio. Las señales.

A continuación, busca a Thiago a través del perfil de Instagram de Letang, y tiene que irse un poco atrás en el tiempo, concretamente a mediados de junio del año pasado. A Levrero se le revuelve el estómago al ver que el post se publicó solo una semana después de que acabaran con la vida de Érica, y que madre e hijo aparecen felices y sonrientes en la foto. Al pie de la familiar imagen, Levrero lee:

¡Mi chico! ¡Qué mayor!
Te deseo todos los éxitos que mereces en los Estados Unidos.
¡Te echaré de menos!

La etiqueta lo conduce al perfil del chico, @Thia_LaLe, pero solo tiene un par de fotos publicadas. Una puesta de sol desde lo que parece una pista de esquí y un perro, la primera publicada en diciembre de 2022 y la otra en febrero de 2023. Entre sus seguidores, se encuentra un tal @Juan04 y también @Bos18, los posibles Juan y Bosco, sus mejores amigos desde la infancia, pero los perfiles son privados y apenas tienen publicaciones. Levrero piensa que es raro, teniendo en cuenta que los jóvenes suelen estar enganchados a las redes sociales.

Para acabar, cuando ya son las dos y media de la madrugada y se cae de sueño, busca información sobre Fermín Lucero, el jardinero que lleva un año cumpliendo condena en prisión por el asesinato de Érica. Hay varios artículos, a cuál más irrespetuoso, en busca del codiciado *clickbait*:

FERMIN LUCERO, EL JARDINERO SIN LUCES QUE ACABÓ CON LA VIDA DE LA HIJA DE LA ASISTENTA

LOS SILVA CONSTERNADOS: «¿CÓMO ÍBAMOS A IMAGINAR QUE TENÍAMOS A UN ASESINO TRABAJANDO PARA NOSOTROS?»

LA OBSESIÓN DEL JARDINERO POR LA JOVEN ÉRICA MARTÍNEZ, QUE HALLÓ LA MUERTE CON SOLO DIECIOCHO AÑOS

Todos hablan, y muy despectivamente al considerarlo un asesino, del retraso intelectual de Fermín, el jardinero de los Silva, una buena familia de Boadilla del Monte. Como el hombre fue incapaz de expresarse, la policía dedujo que secuestró a Érica alrededor de las nueve de la noche, al poco rato de salir de Vallecas donde vivía con su madre (padre desconocido, indican), y la llevó hasta la caseta rodeada de setos donde vivía, a unos metros de distancia de la mansión de los Silva.

«¿Y nadie se preguntó cómo el jardinero, que debido a su discapacidad no debía de tener carnet de conducir, llevó a Érica de Vallecas hasta Boadilla del Monte?», empieza a desconfiar Levrero de la investigación que se llevó a cabo.

Otra hipótesis, más plausible, es que Érica tenía una amiga en Boadilla del Monte con la que había quedado esa noche, aunque no hay declaraciones de ninguna amiga a la que le diera plantón. Que Érica pasó por delante de la propiedad de los Silva, Fermín la vio y se la llevó sin demasiado esfuerzo, pues se trata de un hombre grande y fuerte.

La intentó forzar. Sin éxito. Érica debió de luchar

con uñas y dientes; de hecho, indican que Fermín tenía un conveniente arañazo en el antebrazo. No hallaron restos de semen en la joven, pero sí marcas en la piel, moratones, un corte en el labio… Como la chica se resistió, luchando con todas sus fuerzas para que el jardinero no la violara, este, en un ataque de cólera, cogió una de sus herramientas de trabajo, el pico, y la golpeó con fuerza en la cabeza causándole la muerte en el acto. El hombre se fue a dormir y, al despertar, se encontró con el cadáver de la chica. Como si no recordara nada de lo que había pasado, salió de la caseta con el horror marcado en su basto rostro. Haciendo aspavientos con las manos, alertó al sexagenario matrimonio Silva, que se encontró con el fatídico escenario.

Los Silva no tuvieron inconveniente en hablar con los periodistas. Maldijeron haber contratado al jardinero hacía veinticinco años. Por pena, dijeron, alimentando la sed de información, lo dejaron vivir en la caseta del jardín. Fermín era uno más en la familia pese a sus rarezas. Nunca había causado problemas hasta esa mañana calurosa de junio de 2023 en la que hallaron en su caseta el cadáver de Érica, a quien el matrimonio reconoció enseguida. Era la hija de Rosa, que había trabajado para ellos hasta que la presentadora Lidia Letang, una conocida, «se la robó», acaparando todas sus horas desde el año 2010. En 2010, Rosa dejó de trabajar en casa de los Silva, centrándose únicamente en la casa de la presentadora, que le pagaba mucho mejor, con la comodidad de no tener que repartirse la faena.

Por lo visto, indica algún artículo, el jardinero estaba obsesionado con Érica desde que era pequeña y la dejaban corretear por el jardín cuando a su madre soltera no le quedaba otro remedio que llevarla con ella al trabajo. Levrero hizo cuentas. Érica nació en agosto de 2005. Si Rosa trabajó para los Silva hasta 2010, Érica no tenía más de cinco años cuando conoció al jardinero de los Silva. Añaden que la obsesión del jardinero por la joven fue creciendo con los años, eso dedujo la policía al encontrar fotos de ella hechas desde la distancia en uno de los cajones de una cómoda.

«No sabemos cuándo le pudo hacer todas esas fotos, si apenas salía de casa…», declaró la señora Silva, al tiempo que Levrero sopesa que, por el testimonio de Bosco, la persona que debía de estar obsesionado con la chica era Thiago, a quien espera ver en comisaría en unas horas. Casi puede visualizar lo que Bosco no pudo ver, porque Letang se apresuró a llamar a un taxi para que se lo llevara junto a Juan.

Lo que Levrero cree que ocurrió

En cuanto el taxi arrancó y Lidia y Thiago se quedaron solos en casa con el cadáver de Érica tirado en el salón, uno de los dos preguntó:

—¿Y ahora qué hacemos?

Puede que antes discutieran. O después. Es posible que Thiago, histérico y en shock, le preguntara a su madre:

—¿Por qué has hecho eso? ¡¿Por qué?!

Y que ella respondiera, como si fuera lo más evidente:

—¿Qué querías, Thiago? ¿Que la chica saliera de casa y denunciara que habéis intentado violarla? Porque eso es lo que estaba ocurriendo, ¿no? Y hay pruebas, joder, ¡mira cómo la habéis dejado! ¡Está llena de golpes! ¡¿En qué estabas pensando?! Si yo no intervengo, os podría haber denunciado. Y entonces, ¿qué? ¿Eh? ¿Qué? Os habría arruinado la vida.

Gritos. Violencia. Nervios. Desesperación.

¿Thiago lloró? ¿Llegó a arrepentirse de lo que le habían hecho a Érica? ¿Qué sintió al ver a su madre matando a la chica?

La presentadora, una estratega nata, pensó en el jardinero de los Silva para los que Rosa había trabajado antes de que ella la contratara a jornada completa con mejor sueldo y mejores condiciones. Ahí había una conexión importante que Letang podía utilizar a su favor ante el problemático momento. Además, la mansión de los Silva estaba algo alejada, sin vecinos en los alrededores. Letang conocía al jardinero, que también había tenido relación con Rosa y con su hija cuando trabajaba con los Silva y sabía que sería factible culparlo y que él no supiera defenderse. Era perfecto. Un blanco fácil.

No obstante, no lo hizo sola. No, no lo hizo ella,

Letang tenía dinero para pagar a alguien. Ni siquiera tenía que salir de casa. Debió de llamar al tal Pancho para que la ayudara a trasladar el cuerpo de la chica hasta la caseta del jardinero en Boadilla del Monte. Levrero duda que Letang llegara a tocar el cuerpo sin vida de Érica.

Era arriesgado. Pancho, o quien fuera el encargado de hacerle *el favor* a la presentadora, tuvo que colarse en la propiedad, cuya valla afortunadamente no era muy alta, con un cadáver a cuestas y todo sin levantar sospechas y rezando por que no hubiera algún trasnochado que lo pudiera ver y reconocer, ni cámaras de seguridad por los alrededores.

Terminaron de machacarle la cabeza con el pico del jardinero, donde solo hallaron sus huellas, disimulando el golpe mortal que Letang le produjo con el trofeo, el arma del crimen. Golpes post mortem que pasaron por alto en la autopsia.

Y luego está el tema de las fotos. Puede que a Thiago le diera vergüenza mostrarle a su madre todas esas fotos que le había hecho a Érica, pero no le quedó otro remedio para apoyar el plan de hacer parecer culpable al jardinero. A lo mejor Letang, cruel, le soltó:

—Eres un enfermo. Eso solo lo hacen los locos, Thiago —espetó con asco, asco de su hijo, no de sí misma por haber matado a una chica de dieciocho años que vio en su llegada la salvación, no la muerte que, imprevisible, la estaba acechando con la presencia de una adulta que se supone que debía protegerla de los tres chavales

120

borrachos, drogados y salidos.

Pero le vino bien que su hijo fuera un enfermo, un obseso, que llevara (¿cuánto tiempo?) siguiendo a Érica y haciéndole fotos desde la distancia para luego imprimirlas y... (¿Guardarlas? ¿Pajearse con ellas? ¿Observarlas hasta la extenuación? ¿Lucirlas en algún rincón secreto?).

Levrero no sabe por qué Thiago tenía fotografías de Érica. No tiene la seguridad de que fuera él quien se las hizo. ¿Y si eran de Letang? ¿Y si la presentadora se adelantó a los terribles acontecimientos? El caso es que de algún lugar debieron salir. Lo que sí sabe Levrero, es que las fotos jugaron un papel clave en la detención del jardinero porque alguien las colocó ahí. Un plan en apariencia perfecto que, de no ser por Bosco y su testimonio grabado dos días antes de quitarse la vida hace tres meses por el remordimiento de conciencia que sentía desde esa noche, nunca habría salido a la luz.

Levrero intenta dejar la mente en blanco. Necesita dormir, desconectar durante unas horas de la vida. Apaga el portátil, consciente de que la prioridad es encontrar al asesino o asesina de Letang; sin embargo, en unas horas empezará a mover algunos hilos. Pondrá entre las cuerdas a Thiago, contactará con la persona encargada de la investigación del asesinato de Érica, presentará el testimonio de Bosco, y tratará de sacar de la cárcel a Fermín en el menor tiempo posible, aunque está claro que la vida de ese hombre ya está arruinada.

A la espera de los resultados del ADN de la caja sin arma que encontraron en el despacho, volverán a barrer el salón del chalet de Letang. A lo mejor queda algún rastro del crimen que cometió. Y está decidido a que analicen el trofeo con forma de pirámide de 2002 a mejor presentadora revelación. Por muy bien que Letang lo limpiara, si fue el objeto que mató a Érica, es posible que quede algún resto.

Se levanta del sofá, cruza el pasillo en dirección al dormitorio y se queda en el umbral, con medio cuerpo apoyado en el quicio de la puerta. Contempla a Vega dormida. Le encanta mirarla cuando ella no se da cuenta. Es como si el tiempo se detuviera, como si no importara nada más. Levrero se pregunta si él, en algún momento, tuvo una especie de obsesión con Vega, por quien pidió el traslado a Madrid ocupando el puesto de Gallardo, para después sentirse decepcionado al saber que ella se había ido a A Coruña, y, a los seis meses, facilitarle la burocracia para que regresara.

La obsesión nos hace cometer estupideces. Forzar situaciones que quizá no tenían que ser.

Si Thiago no se hubiera obsesionado con Érica, ella continuaría viva.

Si Letang no hubiera llegado a casa en ese momento, Érica seguiría viva. Traumatizada. Destrozada por lo que Thiago y Juan iban a hacerle. Pero viva.

Si a Bosco no le hubiera afectado tanto lo que ocurrió

aquella noche, llegando a convertirse en su obsesión, la madre de Érica jamás habría descubierto la verdad.

Si él no se hubiera obsesionado con Vega cuando se destapó que su marido era El Descuartizador y la vio de refilón en televisión durante el proceso judicial, él seguiría en Salamanca con los de siempre, compañeros que, continuamente, como si él fuera una endeble muñeca de porcelana que pudiera romperse con el mínimo roce, intentaban evitar situaciones que le recordaran los asesinatos que cometió su exmujer.

Levrero no sabe si estar con Vega entraba dentro de los planes del destino o si su obsesión con ella, aunque él detesta esa palabra, forzó a que ocurriera. Él la buscó, eso está claro, y para estar juntos, ambos han tenido que cruzar el infierno.

«Ha merecido la pena», piensa Levrero, que lo daría todo por estar siempre así, con Vega, aunque él siga empeñado en ocultarle una parte importante de su pasado. No obstante, a veces le da la sensación de que, cuando Vega lo mira, lo sabe todo, y, de hecho, le extraña que no haga preguntas, que no muestre interés… ¿Es posible que el inspector Haro, pese al actual distanciamiento con Vega, se lo haya contado? Estará esperando a que él se abra a ella y…

—Oye, ¿vas a estar ahí plantado hasta que suene el despertador o qué? —le suelta Vega con humor, interrumpiendo los pensamientos de Levrero, que le dedica una sonrisa.

—Pensaba que estabas dormida.

—Ven… —le pide Vega en un murmullo.

Levrero avanza un paso, se quita la camiseta y los tejanos y se queda en calzoncillos. Se tumba en la cama, muy pegado a Vega, que, adormilada y con la mirada perdida, como si no estuviera del todo presente en este instante, le acaricia la mejilla al tiempo que le dice con voz pausada:

—Hace tiempo, parece que en otra vida, quería ser madre. Ahora, aunque suene egoísta y me ponga triste no experimentar todo el amor que se siente, una parte de mí se alegra de no haber tenido un hijo. O una hija. Porque no son nuestros, son de la vida, y la vida a veces tiene una manera extraña de hacerte ver que no somos nada. Que no le importamos nada. Peco de pesimista, es lo que tiene nuestro trabajo, Nacho, hoy estás y mañana se te cruza un monstruo en el camino y… —Al cabo de un rato, Vega añade con voz queda—: Es insoportable. Hay demasiado dolor en todas partes.

CAPÍTULO 15

Viernes, 13 de septiembre de 2024

Vega, incapaz de pegar ojo, se ha levantado a las cinco y media de la mañana, se ha puesto ropa de deporte, y ha salido a correr por el barrio, dejando a Levrero durmiendo.

A la media hora, en la esquina de la calle del Acuerdo con la calle de la Palma, ambas calles estrechas y adoquinadas con los comercios todavía con las persianas bajadas, Vega ha chocado con una mujer de mediana edad, somnolienta y cansada, que sujetaba con fuerza la correa que mantenía atado a su perro, un simpático bulldog francés.

—¡Matías! —le ha chillado la mujer al perro cuando este, impidiendo el paso a Vega, ha saltado sobre sus piernas y ha empezado a olisquearla.

—No pasa nada, tranquila —le ha dicho Vega, acariciando la cabeza del animal.

—Se nota que tienes perro.

Dicho esto, errónea confirmación, la mujer ha seguido adelante por la calle de la Palma mientras Vega, con la respiración todavía agitada por la carrera, se ha quedado quieta como un pasmarote observando los andares enérgicos del bulldog.

En comisaría
Ahora

—Samuel, ayer dijiste que el exmarido de Letang preguntó por un perro, ¿verdad? —pregunta Vega nada más llegar a comisaría.

—Sí, que qué había pasado con el perro —repite Samuel—. Pero dijisteis que en la casa de la presentadora no había rastro de ningún perro.

—Exacto, ni nada que hiciera pensar que ahí viviera un perro —reflexiona Vega.

Mientras Vega va a por un café, Samuel repasa, una vez más, las publicaciones de la presentadora. Se detiene en noviembre de 2020, que fue cuando publicó la fotografía de un cachorro labrador de mirada bondadosa tumbado frente a una chimenea encendida. Es la única foto que tiene del perro.

¡Bienvenido, pequeña revolución!
#Marley

126

Daniel, con aspecto cansado y aprovechando la ausencia de Vega, se acerca a Samuel.

—Buenos días, Samuel, ¿qué tal? ¿Cómo va el caso Letang?

—Complejo.

—¿Y qué caso no lo es?

—No entiendo por qué el comisario te ha separado del equipo, Daniel. Ayer os vi discutir en su despacho...

—Es una larga historia —lo esquiva Daniel, con la mirada sombría fija en el pasillo donde se encuentra Vega frente a la máquina de café—. Nosotros tenemos trabajo... Nos estamos volviendo locos para dar con el paradero de esas chicas.

—Pinta mal, ¿no?

Daniel chasquea la lengua, carraspea antes de contestar:

—Bueno, hemos identificado a la conductora. Marta Espinosa Gálvez, treinta y dos años, natural de Pamplona. Sin antecedentes. Los padres de las chicas están preocupadísimos. Lo que es más raro, es que no tenían ni idea de que iban a Albacete, a la feria.

—Pues sí que es raro. ¿Y no se conocían entre ellas? ¿Seguro?

—No hemos encontrado ninguna conexión, aunque las tres viven por Sol, seguro que en algún momento se han cruzado. ¿Y ese perro? —se interesa Daniel, cambiando de tema y señalando la imagen que aparece en la pantalla

127

del móvil de Samuel.

—Es el perro de Letang. O era, no sé, porque no aparece por ninguna parte. El exmarido, que está en Roma, ha preguntado por él, pero, según Vega y Begoña, en la casa no había ni rastro de ningún perro.

Cuando Daniel ve que Vega se acerca, le da una palmada en la espalda a Samuel y se aleja en dirección a la mesa de la inspectora Morgado. ¿Durante cuánto tiempo van a estar así, evitándose? Qué pena llegar a este punto en el que, después de tanto, no queda nada.

—Marley —le dice Samuel a Vega, en cuanto ella, café en mano, vuelve a su mesa.

—¿Qué?

—En noviembre de 2020, Letang publicó la foto de un cachorro. Un labrador llamado Marley, que puede ser por Bob Marley o por la película protagonizada por Owen Wilson y Jennifer Aniston, *Una pareja de tres*. ¿La has visto? —Vega, distraída, niega con la cabeza—. Pues está muy chula. Va de una pareja que adopta a un labrador al que llaman Marley y…

—Pero el perro no estaba en casa. No había comida de perro, tampoco pelos, juguetes…, ni siquiera un comedero. Vamos, todo lo típico que tienes en casa cuando un perro vive contigo, ¿no?

—A lo mejor se escapó cuando el verdugo entró, que el tema de que no hubiera ninguna cerradura forzada ya es raro de por sí.

—La alarma no estaba conectada —apunta Vega.

—Y deducimos que quien mató a Letang entró antes para robar el arma y utilizarla contra ella, ¿no? Y eso... que el perro y sus cosas no estuvieran... En fin, que la víctima conocía a la persona que la mató y que esa persona conocía la casa, sabía que había un arma, y hasta conocía el código de seguridad de la caja fuerte.

Nada nuevo, agente Hernández, ¿pero quién estaba al tanto de que Letang tenía un arma en casa? ¿Quién conocía el código de seguridad de la caja fuerte? ¿Y si esa no fue el arma que mató a la presentadora, y hacerla desaparecer solo ha sido una táctica de distracción?

El exmarido en Roma desde hace dos semanas.

El hijo en los Estados Unidos, a estas horas ya debe de estar a punto de aterrizar en Madrid.

Pancho, el sicario, en paradero desconocido, descartado como asesino de Letang al cumplir con *su trabajo*, que no era otro que el de acabar con la vida de Raúl.

¿Han empleado la técnica Letang y, con toda esa información en su poder, han enviado a alguien a hacer el trabajo sucio?

—Ya, pero insisto: no había comida para perro. Ni un comedero... nada —repite Vega, perdida pero con la intuición de que la desaparición del perro tiene que ser clave en todo esto, aun sin saber adónde la va a conducir lo que, a simple vista, puede parecer una tontería.

—¿Y si Letang se deshizo del perro y el ex no lo sabía? Creo que acabaron mal. Te puedo asegurar que al tipo no le ha afectado nada la noticia de su asesinato.

—Cabe la posibilidad —dice Vega, levantando la mirada en dirección a Levrero, que recorre el pasillo en tensión, con el móvil pegado a la oreja escuchando a su interlocutor con atención. A unos metros de distancia, está Daniel, al lado de la inspectora Morgado, ambos muy centrados en la pantalla del ordenador—. ¿Sabes algo del caso de las tres chicas desaparecidas?

—Todavía no las han encontrado.

—Habían dado con la dirección del conductor con el que habían quedado, ¿no?

—Conductora.

—Ah, ¿es una mujer?

—Sí. Pero cuando fueron al piso desde donde publicó el anuncio, estaba vacío. Daniel me acaba de decir su nombre, Marta Espinosa no sé qué, natural de Pamplona, treinta y dos años, sin antecedentes…

Begoña, que parece haber dormido tan poco como Vega y todavía tiene los ojos abotargados por el sueño, se acerca y deja un sobre marrón encima de la mesa.

—¿Sabéis a quién asesinaron hace tres años con la misma arma belga con la que han matado a Letang y al vecino?

—Ahora mismo no estoy para adivinanzas, Begoña —suelta Vega.

—A la jueza Amanda Verlasco.

—Hostia —se le escapa a Samuel—. Nunca detuvieron al culpable. Fue en…

130

—A finales de 2021 —lo ayuda Begoña—. Sí, y su hijo, que por aquel entonces tenía dieciséis años, estaba en el piso. Fue de madrugada, sobre las cuatro y media. El chico dijo que él estaba durmiendo, oyó un disparo y, al salir de la habitación, se topó con el cadáver de su madre en el pasillo. Llegó incluso a oír la puerta de la entrada cerrarse, pero, para cuando reaccionó, ya era demasiado tarde. No vio a nadie.

—Desconfiaron del chaval porque en el piso no encontraron más huellas que las de su madre y las de él —añade Samuel—. Pasó por largos interrogatorios e incluso los de balística le hicieron la prueba de la parafina para ver si tenía residuos de disparo.

—Y nada, era inocente —continúa Begoña—. Pero, debido al asesinato de Raúl, ahora todo parece encajar por esa arma, que no es habitual. No puede ser casualidad que haya sido utilizada en tres asesinatos relacionados con la presentadora, incluido su propio asesinato, y que, además, fuera la que Pancho usaba, algo que sabemos gracias a las anteriores detenciones por tráfico de drogas. Además, Letang tuvo varios encontronazos con la jueza Verlasco; de hecho, la llegó a amenazar en pleno juicio. Eran dos mujeres con carácter, se odiaban a muerte. Verlasco llevó un par de casos relacionados con Letang, en uno de ellos hizo que le pagara la friolera de doscientos mil euros a un empresario canario que la denunció por acoso, delito de calumnias y acusaciones falsas.

—Vamos, que Letang también se la tenía jurada a

la jueza como al vecino por la difusión del vídeo sexual y a la presentadora por las críticas que vertía sobre su persona, aunque con ella no emplearon el arma, sino que manipularon los frenos de su coche —concluye Vega.

—Exacto, porque si a Arancha la hubieran disparado con la Five-SeveN, que no hay duda que es el arma que utiliza Pancho, habría sido muy evidente. A la jueza Verlasco la mataron la madrugada del 18 de noviembre de 2021, un mes después del juicio en el que dictó sentencia contra Letang e hizo que perdiera varios miles de euros. Fue entonces cuando Arancha empezó a atacar a Letang. Advirtió que era un peligro, blablablá…, como si supiera algo del asesinato de la jueza pero no se atreviera a decirlo claramente. Arancha murió en el accidente de coche poco después de que asesinaran a Verlasco, concretamente el 27 de enero de 2022. No debió de ser difícil acceder a su coche para manipular los frenos. Aparcaba en la calle, cerca del bloque de pisos donde vivía en la zona de Valdebernardo, en Vicálvaro, y lo conducía cada mañana para ir a la cadena.

—¿Y se sigue sin saber nada de Pancho? —inquiere Vega, mirando a Samuel, que sacude la cabeza a modo de negación. El sicario no puede desaparecer así como así e irse de rositas.

—Nada. Desaparecido en combate. Han buscado su nombre y no aparece en ninguna lista de pasajeros de los setecientos veinte vuelos que salieron ayer desde el aeropuerto de Madrid. O ha elegido otra alternativa.

—Este tipo de gente está preparada para huir en cualquier momento bajo identidades falsas —se lamenta Vega—. Revisar las cámaras del aeropuerto nos llevaría demasiado tiempo, pero hay que mirar si ayer hubo algún vuelo de Madrid a México. Porque Pancho es mexicano, ¿no? —Samuel y Begoña asienten—. Es posible, en el caso de que no haya huido en autocar o en algún coche de alquiler, que se haya subido al primer vuelo a México con documentación falsa —intuye.

—Pediré la lista de pasajeros del vuelo directo Madrid-México que sé que salió ayer por la mañana a las 10.40 —se presta Samuel—. Iba a hacerlo, pero no me ha dado la vida.

—Bien, a por ello, comprueba todos los nombres de hombre de ese vuelo en concreto —conviene Vega—. ¿Y qué ha sido del hijo de la jueza Verlasco? —pregunta, dirigiéndose a Begoña.

—Leo Ochoa Verlasco, diecinueve años, modelo e *influencer* —informa Begoña, resolutiva.

—No... *influencer* no, por favor... —se queja Vega.

—Sí, *influencer*... Doscientos setenta y cinco mil seguidores en Instagram y dos millones en TikTok —resopla Begoña—. Después del asesinato sin resolver de su madre, el padre, que vivía en Portugalete, regresó a Madrid para instalarse con él, ya que aún era menor de edad. Volvió al País Vasco hace un año, así que ahora Leo vive solo, pero sigue en el piso en el que asesinaron a la jueza, y, por lo que parece, a sus diecinueve años no tiene problemas económicos.

—Begoña, ¿a que no tienes otra cosa mejor que hacer que ir a hacerle una visita al *influencer*, a ver si tenemos suerte y está en casa? —propone Vega, pizpireta, sin percatarse de que Daniel no le ha quitado el ojo de encima durante todo este rato, ya que el caso de las tres chicas desaparecidas está a punto de resolverse y no de la manera que esperaban—. Samuel, volvemos en un rato. La lista de pasajeros…

—Sí, sí, me pongo con ello ahora mismo.

CAPÍTULO 16

Calle de Serrano, Chamartín
9.40 h

Si a Vega y a Begoña les dicen que el chico de metro ochenta y cinco que les abre la puerta en calzoncillos tiene veintitantos años en lugar de solo diecinueve, se lo creen. Y es que Leo, el hijo de la jueza Verlasco que las mira desde un imponente retrato colgado en el amplio vestíbulo, parece bastante mayor. Nadie diría que tiene diecinueve años, lo cual le viene de fábula para su trabajo de modelo e *influencer*, atrayendo a todo tipo de perfiles en las redes sociales, por las que se mueve como pez en el agua.

—¿Qué pasa, que el portero no tiene filtro? Si venís a venderme algo no perdáis el tiempo.

—Inspectora Vega Martín —se presenta Vega, mostrando su placa y dejando pasmado al chico.

—Agente Begoña Palacios.

—Uhm… Un momento, voy a ponerme algo… presentable —les dice Leo, dejando la puerta abierta y dándoles la espalda, escabulléndose por un largo pasillo que Vega y Begoña observan, por si le da por escapar, algo bastante improbable desde el quinto piso en el que se encuentran. Leo regresa a los dos minutos vestido en chándal, se disculpa y les hace un gesto para que entren.

—Bonito piso —halaga Vega, deteniéndose en el mismo punto del pasillo en el que tres años atrás falleció la jueza. En las lamas de Merbau, distingue un gran cerco que ha descolorido la madera.

—Eh… a ver, si vais a volver a culparme por el asesinato de mi madre, no… —empieza a decir Leo con desconfianza, la mirada fija en el cerco en el que la inspectora ha reparado. Pero ahí donde ella ve un cambio significativo en el tono de la madera, él sigue viendo la sangre que manó de la cabeza de su madre.

—No, no, para nada —se apresura a responder Vega, dando un paso hacia delante y siguiendo al chico hasta el salón.

—Vale, pues… sentaos —les ofrece con gesto sombrío, señalando un sofá de piel marrón de tres plazas.

El salón, de grandes dimensiones y muy soleado gracias a los ventanales, está dividido en dos partes. Por un lado, la decoración regia que debía de prevalecer en toda la estancia cuando la jueza vivía, y, por el otro, al lado de una cocina americana nueva para la que Leo mandó tirar abajo una pared, muebles de IKEA y luces de neón que parecen servirle de plató para sus numerosos vídeos en Instagram y TikTok.

—Voy a ser directa, Leo —empieza a decir Vega—. Hemos venido a hablar contigo por el asesinato de la presentadora Lidia Letang.

Leo levanta una ceja, las mira sin entender.

—¿Qué tengo que ver yo con eso?

—Tu madre conocía a la presentadora —sigue hablando Vega, perdiendo las formalidades, incapaz de tratar al joven de usted—. Lidia la amenazó en un juicio en el que tu madre dictó sentencia contra ella. Tuvo que pagarle doscientos mil euros a la parte contraria. Ese juicio se celebró solo un mes antes de que asesinaran a tu madre, un caso que se ha quedado sin resolver.

Leo traga saliva con fuerza. Cree saber por dónde van los tiros, como si no hubiera tenido suficiente convirtiéndose en el principal sospechoso del asesinato de su propia madre, pero no entiende a la inspectora, es como si le hablara en un idioma que desconoce. ¿Le está insinuando que Lidia mató a su madre?

—Mi madre me habló alguna vez de esa... de Lidia Letang —reconoce el chico con desprecio—. Decía que era una mala persona.

«Y vaya si lo era», se calla Vega, asintiendo lentamente con la cabeza y comprimiendo los labios.

—¿Dónde estuviste la noche del miércoles, Leo? —va directa al grano Vega.

—¿Qué? ¿Por qué? ¿Esto es legal? ¿O sea, que os

137

presentéis en mi casa así, sin avisar, sin una orden ni nada, desconfiando de mí y preguntándome qué hice el miércoles?

Vega se encoge de hombros esperando una respuesta.

—¿Qué pasa? ¿Lidia Letang mató a mi madre? ¿Es por eso?

—Sospechamos que envió a alguien a que lo hiciera, sí —reconoce Vega.

—Pues yo no tenía ni puta idea. Qué hija de… —suelta Leo, sin acabar la frase, inspirando hondo y cogiendo el móvil con violencia para mostrarles, a través de su canal de Twitch (ah, qué también tiene Twitch, piensa Begoña), que retransmitió un directo el miércoles desde las diez de la noche hasta la una de la madrugada—. Como cada noche, estuve aquí, retransmitiendo en directo en Twitch, algo muy fácil de comprobar —añade, señalando los neones, los mismos que aparecen de fondo en el directo que retransmitió la noche en la que asesinaron a Letang—. Pero ahora me vais a aclarar algo —las reta, sin ocultar la rabia—. ¿Esa presentadora le pagó a alguien para que entrara en nuestro piso y matara a mi madre?

Vega asiente, como disculpándose, sabiendo que el encuentro con Leo está a punto de llegar a su fin.

—Hablaré con las personas que se encargaron del caso de tu madre, Leo —le promete con un hilo de voz, aunque entre esto, aclarar la muerte de la hija de Rosa, encontrar al sicario, que a estas horas ya debe de estar ilocalizable, posiblemente al otro lado del charco, y averiguar quién mató a Letang, no sabe cuándo podrá ser—. Cuando hagamos las comprobaciones necesarias, serás el primero en enterarte y de manera oficial, de lo que ocurrió realmente.

Segundos antes de que Vega y Begoña abandonen el piso, a Leo, lleno de odio, se le quiebra la voz al decir:

—Estos días he leído por redes algo de esa tía... perdón, de Lidia Letang. Y yo pensaba, joder, cómo se pasan, ¿no? A la pobre le han pegado un tiro y la gente alegrándose y tal... bueno, pues ahora pienso lo mismo. Que le jodan.

CAPÍTULO 17

En comisaría, hora y media más tarde

—He agilizado el tema del jardinero, Vega. Nos vamos a prisión en diez minutos, vamos a hablar con él, aunque con quien más ganas tengo de hablar es con el hijo de Letang. ¿Se sabe a qué hora llegará? —pregunta Levrero en su despacho, cerrado a cal y canto, pues, aparte de Begoña y ellos dos, nadie, ni siquiera Samuel, sabe nada del testimonio que Bosco dejó grabado.

—Begoña está al tanto, creo que Thiago pasará por el anatómico esta tarde, pero no tengo ni idea de a qué hora ha llegado su vuelo ni nada… Voy un momento a hablar con Samuel, sospechamos que Pancho, el supuesto sicario de Letang, ha viajado a México.

—¿Y eso?

—Bueno, todos sabemos que la tierra tira, sobre todo cuando tienes pensado desaparecer una buena temporada o para siempre. Su nombre no aparece en la lista de pasajeros de ningún vuelo que haya salido desde el aeropuerto durante el día de ayer. También es posible que nos equivoquemos, que haya usado documentación falsa para alquilar un coche o se haya subido a algún autocar, pero tenemos que intentarlo.

—Tu intuición no suele fallarte. Mantenme informado, pero no nos desviemos del caso. Hay que averiguar quién ha matado a Letang.

—Lo sé, pero, detrás de su asesinato, están los que ella encargó. Todo está relacionado. Cualquiera que con anterioridad fuera su víctima, puede haberse convertido en su verdugo.

A continuación, Vega le cuenta brevemente el encuentro con Leo, el hijo de la jueza Verlasco, y las sospechas de que fue Pancho quien, obedeciendo órdenes de la presentadora, la asesinó hace tres años. La Five-seveN no es un arma común y Letang se la tenía jurada a la jueza tanto como al vecino o a la presentadora, con la que tuvo que cambiar el modus operandi porque su muerte fue muy seguida a la de Verlasco y el arma belga habría levantado sospechas. Leo tiene una coartada sólida para la noche en la que asesinaron a Letang y a Vega no le parece sospechoso, aunque no pone la mano en el fuego por nadie.

—Hostia, la jueza Verlasco… esa sí que es buena —asiente Levrero, levantando la vista de los papeles que tiene encima de la mesa para dedicársela a Daniel, que, junto a la inspectora Morgado, esperan a que Vega salga para entrar en su despacho. Levrero les hace un gesto para que entren, Vega se da la vuelta y, al ver a Daniel, se levanta como un resorte.

—Bueno… le espero fuera, comisario.

—Gracias, inspectora Martín.

Daniel esboza una risa seca y breve al tiempo que pone los ojos en blanco ante el intento de formalidad entre la inspectora y el comisario, sin que Morgado entienda a que viene el desaire de su nuevo compañero, que ha resultado ser bastante útil en la Unidad de Desaparecidos.

—Comisario, las chicas han aparecido. Y la conductora también —empieza a decir la inspectora Morgado con su seriedad habitual.

Morgado, brusca, le planta un móvil a Levrero con una grabación nocturna y de mala calidad en lo que parece un recinto ferial con una noria iluminada al fondo.

—Esa de ahí es Marta, la conductora. Una amiga suya de Albacete, una tal Sonia, ha subido el vídeo en Instagram —señala la inspectora—. Sara, Carlota, Daniela… sanas y salvas, libres, felices de la vida, fumando y bebiendo, mientras tenían a sus padres en un sinvivir —añade, con claros signos de estar muy molesta por el valioso tiempo que les han hecho perder *por nada*.

—¿Y por qué se deshicieron de los móviles en el mismo punto de la carretera? —se extraña Levrero.

—Niñatas descerebradas —escupe Morgado, mientras Daniel, desafiante, mira a Levrero como diciéndole: «¿Para esta gilipollez me has apartado de un caso importante como lo es el asesinato de Lidia Letang?».

—¿Han avisado a sus familiares? —pregunta Levrero, evitando la mirada de Daniel.

—Sí, ha supuesto un alivio para los padres. Las chicas se alojan en el Hotel Florida, al lado del recinto ferial y la plaza de toros. Me consta que las familias ya están en contacto con ellas. Yo no sé qué aire les ha dado, pero resulta que solo querían desconectar de los estudios, de los trabajos, de la vida en general, alegando que, últimamente, se les estaba haciendo muy cuesta arriba y solo querían divertirse... Por eso hicieron esa burrada de estar ilocalizables durante lo que durara la feria, sin sospechar que sus padres se preocuparían por ellas y denunciarían las desapariciones, que ya se sabe cómo está el mundo, que con eso de subirse al coche de un desconocido nunca se sabe... —contesta Morgado, resoplando.

—Bien, pues caso cerrado —sonríe Levrero.

La inspectora Morgado asiente y le da la espalda sin tan siquiera despedirse, mientras Daniel, impertérrito, sigue frente a Levrero sin intención alguna de moverse.

—Inspector Haro...

—¿Va a dejar que trabaje en el caso Letang? Me necesitan y lo sabe, comisario, sabe que es un caso complicado y que, cuantos más seamos, antes lo resolveremos.

Levrero mira a Vega a través del cristal. Samuel le

143

habla, el gesto de ambos es de absoluta gravedad.

—No lo necesitan, inspector Haro. No lo necesitan para nada —responde Levrero, ocultando la satisfacción que le produce apartar a Daniel del caso por el peligro de que vuelva a filtrar información a la prensa por un sueldo extra—. Aproveche para descansar, que trabajar codo con codo con la inspectora Morgado agota a cualquiera y… bueno, ya saldrá algo. Pronto, seguro. Otro asesinato, alguna desaparición… Le he visto muy bien en la Unidad de Desaparecidos, ¿qué le parecería un cambio? Y ahora, si me disculpa, tengo que irme, así que…

Daniel da un golpe sobre la mesa que sobresalta a Levrero.

—Comisario, sabe que puedo…

—¿Quiere la expulsión, inspector? —se le encara Levrero con aplomo—. ¿Va a volver a amenazarme? Salga y cuéntelo todo. Vamos, cuéntelo todo, me da lo mismo, y seguro que a los de Asuntos Internos les interesa mucho saber quién filtró información a la prensa sobre el Asesino del Guante o sobre el caso de Leiva. No voy a arriesgarme a meterlo en un caso en el que nos la jugamos mucho, sabiendo su gusto por hablar con esa periodista, Begoña Carrasco. Y no va a volver a chantajearme, inspector Haro. A estas alturas, la inspectora Martín se ha ganado el respeto de todos sus compañeros como para que le afecte que la gente sepa que estamos juntos —añade, sin percatarse de que parece que Daniel acaba de recibir un golpe seco en el pecho, no por la amenaza de denunciarlo, sino por ese «estamos juntos» que, pese a llevar un tiempo con Helena, es incapaz de superar.

Levrero decide que de hoy no pasa. Que esta noche, en el piso de Vega y con tranquilidad, le va a contar lo que hizo su exmujer y ella va a comprender, por fin, por qué le dijo aquello de que ambos tenían mucho en común. Y entenderá que quisiera ocultar algo así, que si a ella le hubieran dado las mismas facilidades que sus superiores le dieron a él, las habría aceptado con tal de que su intimidad no se viera tan alterada hasta el punto de que cualquier periodista la reconozca como la exmujer del Descuartizador. Por otro lado, ¿y qué, si la gente de comisaría se entera de que están juntos? A nadie le importa y no van a poder ocultar su relación toda la vida, ¿no?

—Usted lo ha querido, comisario —zanja Daniel, antes de salir por la puerta, sin que Levrero le vea sentido a lo que, claramente, ha sido un intento de amenaza.

En ese mismo momento, en el cubículo de Samuel

—Juan José Hurtado Sánchez, fallecido el 2 de octubre de 1996. Sin mujer, sin hijos…

—La identificación falsa con la que Pancho ha viajado a México —da por sentado Vega.

—Exacto, tenías razón. Está en México. Además de volar bajo la identidad de una persona fallecida y sabiendo la hora en la que salió el vuelo, ha sido rápido dar con él a través de una de las cámaras de seguridad del aeropuerto. Vestía de negro, sudadera con capucha. Ha tratado de ocultar su cara, pero mira, aquí se le ve el perfil. Claramente es él. —Samuel le muestra a Vega dos imágenes, la captura de una de las cámaras de seguridad del aeropuerto y una foto de la ficha policial de la última vez que Pancho estuvo en prisión—. El problema es que no tiene nada a su nombre, ni siquiera le queda familia en México… va a ser difícil localizarlo.

—Hay que hablar con el juez, presentar todas las pruebas que relacionan a Pancho con Letang y que dicte una orden de busca y captura contra él. Por muy lejos que esté, vamos a pillarlo. Que te ayude Begoña, tengo que salir un momento.

—Inspectora Martín, ¿nos vamos? —interrumpe Levrero.

—Sí. Gracias, Samuel.

CAPÍTULO 18

En la prisión de Soto del Real

De camino a la prisión de Soto del Real, la más famosa de España por la que han pasado desde etarras y yihadistas a presos comunes y otros apodados de «cuello blanco» como Bárcenas o Rato, Vega le ha contado a Levrero que ahora tienen la seguridad de que Pancho, utilizando la identidad de un difunto, ha volado a México. Ha ordenado que se le presente al juez todas las pruebas que lo relacionan con Letang, para que este ponga en marcha una búsqueda de orden y captura. Levrero se ha mostrado distraído y distante.

—Oye, ¿te pasa algo? —pregunta Vega, mientras Levrero aparca a unos metros de distancia de la cárcel.

—No, perdona. Solo estoy… un poco cansado —contesta Levrero bajando del coche y mirando a Vega, preguntándose cómo se tomará que le haya ocultado una parte importante de su pasado.

Vega contempla el edificio de la prisión con un nudo en la garganta. Ahora es Levrero quien pregunta:

—¿Estás bien, Vega?

—La última vez que estuve aquí fue el verano pasado, mientras investigábamos los asesinatos de las chicas, el caso del Asesino del Guante. Tuve la necesidad de venir… de hablar con Marco. De preguntarle por qué, de querer saber qué piensa un asesino en serie y sin escrúpulos. Qué gilipollez. Nada más verlo, me arrepentí de haber venido —le cuenta, ocultando detalles de aquella tarde que permanece tan vívida en su memoria, que le da la sensación de que ocurrió ayer:

Recuerda que, al salir, Daniel, a quien ahora le cuesta mirar a la cara por lo ruin que ha demostrado ser, estaba aquí, esperando para arroparla, sabiendo cuánto necesitaba un amigo. Ocurrió la misma tarde en la que, como era habitual entre ellos, fueron a tomar unas cervezas al bar Casa Maravillas de Malasaña. Se besaron por primera vez y acabaron en el piso de ella. Entonces, mientras Daniel se estaba dando una ducha, una tal «BEGOÑA P» llamó a Daniel. Vega, pensando que se trataba de la agente Begoña Palacios, contestó a la llamada. Pero esa «P» no era de «Palacios», sino de «Periodista», y así fue como Vega se enteró de que Daniel estaba filtrando información a la prensa sobre el caso del Asesino del Guante. Y, a pesar de todo, nunca lo acusó. Decepcionada con todo, decidió huir a A Coruña, regresó y limaron asperezas, pero hace unos meses Daniel lo volvió a arruinar todo y ahora no queda nada de lo que fueron, de lo que podrían haber sido, algo en lo que no piensa demasiado por lo mucho que siente por Levrero.

—Sabes que no vas a ver a Marco, ¿no?

Un silencio de plomo sigue a las palabras de Levrero.

—Sí, ya, pero aun así... —suspira Vega—. Saber que Marco está aquí dentro...

Levrero coloca una mano en la espalda de Vega animándola a dar un paso hacia delante. Entiende cómo se siente. Si ella supiera que ambos han pasado por lo mismo... Si él supiera que ella lo sabe... Que Vega está esperando a que Levrero se sienta lo suficientemente cómodo con ella para confiarle esa etapa oscura de su vida...

La mente del comisario vuela cinco años atrás en el tiempo, cuando condujo como un autómata desde Salamanca hasta el Centro Penitenciario de mujeres Alcalá Meco donde Ingrid, más conocida como *El ángel de la muerte*, cumple condena.

Centro Penitenciario de mujeres Alcalá Meco
Cinco años antes

La había querido tanto. Tanto... Que cuando se llevaron a Ingrid presa, culpable por las muertes de veintiocho ancianos en la residencia en la que trabajaba como enfermera, lo primero que Levrero pensó era que estaban cometiendo un error. Ingrid era una buena persona, generosa y empática, que siempre se preocupaba por los demás, especialmente por *sus viejitos*, que así era como llamaba cariñosamente a sus pacientes. Cuántas noches llegaba a casa afectadísima porque se le había muerto un anciano… La de lágrimas que derramó por cada uno de ellos, sin que Levrero sospechase que detrás de algunas de las muertes estaba la mano de ella.

—Están tan solos… si los vieras… —le decía Ingrid con los ojos anegados en lágrimas—. Están cansados, me miran con tristeza, parecen estar suplicando el final. Los hijos no los vienen a ver, los tienen abandonados después de que ellos lucharan toda la vida por ellos. Qué pena, de verdad, es tan injusto… La vejez es tan deprimente y solitaria en la mayoría de los casos…

Sin embargo, la última mirada que Ingrid le dedicó a su todavía marido, fue la de una completa desconocida. Tras la negación común en este tipo de casos en los que parece imposible que alguien a quien crees conocer haya sido capaz de acabar con la vida de alguien, Levrero supo que no se trataba de una equivocación por esa mirada que se le clavó en el alma. Tendría que haber visto lo desequilibrada que estaba, pero Ingrid, como todo buen psicópata, ocultaba su maldad tras una máscara repleta de ternura y normalidad.

Levrero se desentendió del tema. Siguió con su vida, con su trabajo en comisaría, apenas se relacionaba con nadie, sentía demasiada vergüenza. No volvió a ver a Ingrid. Los de arriba se ocuparon de que el tema no lo salpicara por las buenas perspectivas profesionales que le esperaban, de que su nombre no apareciera en ningún lado, y él, por su parte, fue al registro deseando ser una persona nueva. Empezar de cero. Siempre le había gustado el segundo apellido de su madre, Levrero, y López desapareció incluso para las personas que lo conocían desde hacía tiempo. Pero entonces, cuando Ingrid llevaba cinco años cumpliendo condena, Levrero tuvo la necesidad de conducir hasta Madrid sin saber muy bien con quién se iba a encontrar, si con la mujer de la que se enamoró a los veinte años, o con la desconocida capaz de acabar con la vida de ancianos indefensos.

La cárcel le había echado veinte años encima. Ingrid había perdido el brillo de sus ojos verdes y su cabello cobrizo estaba descuidado y canoso. En la mejilla derecha lucía una cicatriz. La vida en la cárcel era dura, las peleas con otras presas se habían convertido en rutina. Al otro lado de la mampara, Ingrid le sonrió cansada. Fue ella la que empezó a hablar, porque Levrero se sintió incapaz.

—Pensé que no te volvería a ver. Qué guapo estás. ¿A qué has venido? ¿A un vis a vis? —rio sin ganas. La voz de Ingrid era glacial.

—Por qué.

«Destrozaste todo lo que construimos», se calló Levrero, mirando a Ingrid sin sentir nada. No sentía absolutamente nada por ella, como si estuviera muerto por dentro, algo que lo llevaba a pensar que jamás volvería a enamorarse.

—Porque estaban solos. Tristes. Enfermos. Cansados. Ellos me lo pidieron. —Levrero sacudió la cabeza. Con ese mismo discurso, el abogado de Ingrid intentó que le rebajaran la pena—. Yo te lo contaba… te contaba que nadie los iba a ver, que eran invisibles en una sociedad egoísta que no mira por ellos, nunca mira por ellos, como si sus vidas no importaran… Que los habían abandonado a su suerte, que no eran queridos y… y solo me tenían a mí. Así que hice lo mejor para *mis viejitos*. Dejarles ir. Y me dolía, tú sabes que me dolía, que lloraba cada una de sus muertes.

No, Levrero no sabía que Ingrid lloraba las muertes que ella misma provocaba. A lo mejor, si le hubiera prestado más atención cuando le decía que uno de *sus viejitos* se había ido, habría percibido algo raro en ella, ¿pero cómo sospechar algo así de la mujer con la que te has casado?

—Les di un final dulce —añadió Ingrid con la mirada perdida, ida, loca, la voz apenas audible—. En sus últimos instantes me miraban… me miraban agradecidos. En paz. No puedes entenderlo. No podrías entenderlo nunca. Nadie lo entiende.

—¿Qué te ha pasado en la cara?

—La vida aquí es difícil. Pero no me arrepiento de nada. *Mis viejitos* me vienen a ver en sueños… ellos siguen conmigo. Siguen conmigo y me dan las gracias porque están en un lugar mejor sin dolor ni pena ni abandono... Sí, están en un lugar mejor, pero tú... no, no puedes entenderlo. No podrías entenderlo nunca — repitió, y Levrero se dio cuenta de que esa mujer ya no era Ingrid, no era nada para él.

Así que Levrero se levantó, ignorando las súplicas de Ingrid de que se quedara un ratito más con ella, le dio la espalda y, cabizbajo, salió de la cárcel para no regresar nunca más.

En la prisión de Soto del Real
Ahora

Levrero ha reunido al juez que condenó a Fermín, al fiscal y al abogado de oficio que lo acompañó durante el proceso. En la sala también se encuentra el propio Fermín, que se muestra confuso. La mirada noble del jardinero ha conmovido a Vega nada más conocerlo. Pese a ser una mole de metro noventa, infunde más ternura que miedo.

Los presentes escuchan con atención el testimonio que dejó Bosco dos días antes de quitarse la vida en la piscina de su chalet.

El juez y el fiscal le van lanzando miradas interrogantes a Levrero, mientras el abogado, avergonzado, clava la mirada al suelo, ya que siempre creyó en la inocencia de Fermín, pero las pruebas eran tan concluyentes, que no se esforzó lo suficiente en su defensa.

Fermín, Vega no le quita el ojo de encima, parece

absorto en su mundo, aunque de vez en cuando da señales de que sigue aquí a través de varios pucheros que recuerdan a los de un niño pequeño a punto de estallar en llanto.

Cuando la voz de Bosco se desvanece y Levrero apaga el móvil, carga contra el juez.

—Es un caso lleno de incongruencias y, tanto la inspectora Martín como yo, creemos en la veracidad de este testimonio. Fermín no pudo secuestrar a Érica en Vallecas, nada más salir de casa. No tiene carnet de conducir. Yendo en metro o en autobús, cualquiera les habría visto, Érica habría podido pedir auxilio, y no ha habido ningún testigo que corroborara algo así. Tampoco hay nada que demuestre que Érica había quedado con una amiga en Boadilla del Monte, no son más que suposiciones sin fundamento. Érica no tenía amigas en esa zona, lo he estado investigando. No fue a Boadilla por su propio pie —recalca—. Y ni siquiera realizaron una triangulación del móvil desaparecido de Érica para conocer los pasos que había dado la noche en la que la asesinaron, ni comprobaron las cámaras de seguridad del posible recorrido hasta Boadilla. Respecto a las fotografías, la señora Silva declaró que Fermín apenas salía de la propiedad. Entonces, si no salía, ¿cuándo le hizo esas fotos? ¿Dónde está la cámara de fotos con la que, supuestamente, la acosaba? Fermín ni siquiera tenía teléfono móvil.

—Ese chico se suicidó a los dos días de darle esa

declaración a la madre de Érica, declaración que tiene sus lagunas debido al estado en el que se encontraba cuando, supuestamente, Thiago y Juan intentaron abusar de ella y Letang, al llegar a casa, la mató —dice el juez con severidad—. Y dijo que con la intención de que la mujer supiera la verdad… Bueno… Pero, por lo que tengo entendido, sus amigos se fueron a los Estados Unidos y él dice que no fue porque no quiso, pero ¿y si en realidad lo apartaron del grupo? ¿Y si Thiago y Juan no querían que Bosco fuera con ellos y esta declaración fue una especie de venganza? ¿Por qué la madre de Érica no fue a comisaría hace tres meses, cuando Bosco grabó esto? ¿Por qué ahora, cuando Lidia Letang está muerta?

—Por miedo —interviene Vega—. Rosa temía a Lidia y pensó que no la creerían, que la policía jamás reconocería un error tan garrafal como este.

—Hablen con el hijo de la presentadora —decide el fiscal, y Vega se fija en cómo el jardinero la mira con los ojos extremadamente abiertos y aterrados.

—Fermín, le vamos a sacar de aquí —le dice Vega, colocando una mano sobre su enorme antebrazo y sintiendo una sacudida cuando el hombre se echa a llorar—. El comisario Levrero y yo sabemos que no fue usted.

—Basta, inspectora —la corta el juez—. Hablen con el hijo de la señora Letang y, cuando admita que todo ocurrió como reveló el suicida, vuelvan —zanja, señalando el móvil que Levrero está a punto de guardar.

—Lo va a negar todo —se precipita Vega—. ¿Cómo va a admitir que su madre era una asesina y él y su amigo encubrieron la verdad del asesinato de Érica? ¿Cómo va a reconocer que abusaron de ella y que iban a violarla, instantes antes de la irrupción de Lidia, que decidió matarla, posiblemente para que no los denunciara?

—Para eso están ustedes, para que el chico desembuche, aunque acaban de matar a su madre, por lo que les sugeriría un poco de tacto. No hubo incongruencias en el caso —dice el juez, dirigiéndose a Levrero—. ¿Que la prensa especuló al respecto? Sí, hubo cientos de teorías, pero no todo está en los artículos que la prensa publicó. En la caseta encontramos una cámara Polaroid con la que, supuestamente, Fermín fotografió a la joven.

—¡Supuestamente! —estalla Vega, hablando como si el jardinero no estuviera presente—. Es posible que esa cámara fuera de Fermín y que no fuera la cámara con la que hicieron esas fotos.

Efectivamente, Vega tiene razón, y todos los presentes lo saben, o al menos intuyen que se acerca a la verdad, pero no lo van a admitir. Los Silva declararon que le regalaron esa cámara Polaroid que sacaba las fotos al instante, porque al jardinero le gustaba fotografiar el jardín, sobre todo los árboles frutales y las flores que cobraban vida en primavera. Que las fotos a Érica se hicieran con una cámara de idénticas características, fue una coincidencia que no ayudó en la defensa de Fermín.

—En esa cámara solo estaban las huellas de Fermín, así como en el pico con el que machacó la cabeza de esa pobre chica hasta provocarle la muerte —continúa el juez, haciendo caso omiso de la acertada hipótesis de Vega respecto a que, a lo mejor, no se trataba de la misma cámara con la que fotografiaron a la joven—. Vayan a por el trofeo de la presentadora, a ver qué encuentran, a ver si hay restos, que no lo creo —los anima, porque qué otra cosa puede decir...—. Lo que dijo Bosco es mentira.

Fermín, nervioso, se revuelve en la silla. Llora, suplica, sacude la cabeza a modo de negación. Por primera vez desde que lo encerraron en prisión hace un año, está intentando negar el crimen.

—La metieron ahí. La metieron, no fui yo. No fui yo. Yo... yo no la maté... yo quería... quería a esa niña... La conocía desde que era pequeñita.

—¿Lo ve? —señala el juez—. «Yo quería a esa niña». Es evidente que estaba obsesionado con Érica —zanja, haciéndole una seña a los guardias que esperan fuera para que se lleven a Fermín, mientras Levrero le dedica a Vega una mirada de advertencia.

—Rosa tenía razón —se lamenta Vega, dejando atrás el infierno que para ella supone esa prisión, mientras van de camino al coche—. No aceptarán que se equivocaron y Thiago lo negará todo. Ese hombre es inocente.

—Tampoco podemos fiarnos de las apariencias, Vega.

Aunque es probable que a Érica la fotografiaran con otra cámara, pasé por alto que en la caseta encontraron una.

—¿Cuándo podremos volver a su casa y llevarnos el trofeo para analizar?

—Lo tengo todo previsto para esta tarde, sobre las seis —contesta Levrero.

—Y hay que hablar con los padres de Bosco —decide Vega—. Ellos también merecen saber por qué su hijo decidió acabar con todo… imagino que, cuando te pasa algo así, te preguntas qué hiciste mal o si podrías haberlo evitado… —propone Vega, en el momento en que su móvil vibra en el bolsillo trasero de los tejanos silenciando a Levrero, que, pese a lo mucho que le fastidia, iba a decirle que necesitan la colaboración del inspector Haro en el caso—. Dime, Begoña.

—Thiago acaba de llegar al anatómico forense —le informa la agente al otro lado de la línea.

CAPÍTULO 19

En el anatómico forense

A Thiago le parece mentira que el cuerpo sin vida que está tendido sobre la camilla de metal sea el de su madre. Este momento tendría que haber ocurrido dentro de veinte o treinta años, cuando no hubiera cirugía posible para la piel arrugada como una pasa a la que tanto temía la presentadora. Ella no le tenía miedo a la muerte, ni siquiera a la agonía de los últimos instantes, lo que le aterraba de verdad era la vejez.

Contempla fijamente el rostro de su madre. Es la primera vez que la ve sin los labios pintados de rojo. No se quitaba los restos de carmín ni para dormir, y lo primero que hacía al levantarse era pintarse los labios. Su rictus es sereno. Ella, que siempre estaba enfadada, estresada o en alerta, ahora descansa tranquila, y hasta parece que tuvo una muerte plácida y que fue una buena persona, cuando lo cierto es que no merece las lágrimas de nadie, ni siquiera las de él.

En silencio, Thiago se dirige al forense y le hace un gesto con la mano para que vuelva a cubrir el cadáver. A los muertos, valga la redundancia, hay que recordarlos vivos.

—¿Se encuentra bien? —le pregunta el forense, pues le da la sensación de que el chaval va a desmayarse de un momento a otro.

Thiago no contesta. Sale de la sala con la voz de su madre incrustada en la cabeza gritándole lo inútil, caprichoso y torpe que es, cuando de repente los pensamientos se apagan al toparse de frente con un hombre y una mujer que se presentan como la inspectora Martín y el comisario Levrero.

—Estamos investigando el asesinato de su madre. ¿Podemos hablar un momento? —le pide Vega, tratando de ocultar el asco que le da el chico que tiene delante por lo que Bosco contó que le hizo a Érica la noche en la que encontró la muerte a manos de Lidia. Thiago es el vivo retrato de su madre. Tiene los ojos del mismo tono verde oliva y sus rasgos son bastante femeninos, nariz recta, pómulos altos, labios carnosos.

—Perdón, pero no estoy… acabo de aterrizar, vengo directo del aeropuerto, muchas horas de vuelo y acabo de ver a mi… —Thiago comprime los labios, inspira hondo, como reprimiendo las lágrimas que quieren aflorar, para terminar diciendo con un hilo de voz—… madre.

—¿Estaban muy unidos? —se interesa Vega.

—Eh… sí. Claro, soy hijo único, así que…

En la residencia de la Universidad de Yale
Una semana antes

—Voy a colgar.

—Thiago, por favor, vamos a hablar. Podemos intentar...

Le habría gustado gritarle que la odiaba, como le había escupido a la cara tantas otras veces, recibiendo una fuerte bofetada por su imprudencia y mala educación. Después de todo lo que ella le había dado... ¿Cómo se atrevía a tratarla así? Niñato consentido... Pero miles de kilómetros los separaban, ¿qué daño podía hacerle? Ninguno. Ya no era un crío indefenso al que se le podía agarrar de los hombros y zarandear con facilidad si no se portaba bien.

—Tío, te has pasado... —le dijo Juan desde su cama, cerrando el cómic que fingía estar leyendo.

—Lo único que le interesa es si Bosco se chivó...

—¿Que se chivó? ¿Qué dices, tío, Bosco se lo contó a alguien? Joder, eso también nos interesa, la estamos encubriendo, estamos cometiendo un delito, y si Bosco se fue de la lengua antes de...

—Cállate —le ordenó Thiago, mirándolo como si se fuera a abalanzar encima de él para estrangularlo, y Juan agachó la cabeza y volvió a su cómic con claros signos de preocupación. A él, al contrario que a Thiago, el suicidio de Bosco apenas le había afectado, «porque, total, si pasaba de nosotros», le decía sin remordimiento alguno. ¿Por qué su madre le había preguntado si Bosco dijo algo de lo que pasó? Tendría que haber indagado al respecto, no haber cortado tan bruscamente la llamada. Thiago no tenía ni idea de que su madre estaba recibiendo notitas de Rosa, *la chacha* a la que había lanzado al olvido, pero algo debía de haber pasado. Cuando estás a tantos kilómetros de distancia, las dudas te comen por dentro. Además, a su madre no le temblaba nunca la voz, y durante esa llamada, que sería la última, ni siquiera disimuló lo afectada que estaba.

En el anatómico forense
Ahora

Y ahora, esta mujer le pregunta que si estaba unido a su madre. Pues sí, claro, ¿qué le va a decir? ¿Que la odiaba a muerte? ¿Que por su culpa su mejor amigo está muerto? ¿Que ojalá nunca hubiera invitado a Érica a su casa, creyendo que era una facilona, y que entre los tres se la follarían? Pensarlo ahora le repugna, pero es lo que pasó.

—Verás, Thiago, es importante que nos dediques un momento —empieza a decir Levrero, saltándose los protocolos y tratándolo de tú a tú, con la intención de que el chico coja confianza—. Tenemos una grabación de Bosco. Un testimonio bastante largo en el que cuenta lo

162

que de verdad pasó el 9 de junio del año pasado.

A Thiago se le para el corazón.

¿Pero estos policías no están aquí para descubrir quién mató a su madre? ¿A qué viene esto?

—Bosco cuenta que Juan y tú intentasteis forzar a Érica, la hija de Rosa, la empleada de…

—Sé quién es Rosa. Sé quién era Érica —lo corta Thiago con brusquedad y tono chulesco, provocando que Levrero decida ir directo al grano y sin tacto alguno, por mucho que la verdad pueda doler:

—Que tu madre llegó a casa y mató a Érica, haciéndote creer que lo había hecho para protegerte, porque no podía dejarla salir de vuestra casa con vida, pues seguramente os habría denunciado y eso habría arruinado vuestro futuro. Y después de llamar a un taxi para Juan y Bosco, tu madre debió de llamar a Pancho, a quien encargó varios trabajos, por así decirlo, contándole su plan, que era dejar el cadáver de Érica en la caseta del jardinero de la familia Silva, para culparlo del crimen —sigue hablando Levrero, escudriñando con atención la expresión del joven, cuyo tono de piel palidece por momentos—. Vas a tener que acompañarnos a comisaría, Thiago.

CAPÍTULO 20

En comisaría

Daniel, que no tiene nada que hacer porque el comisario así lo ha decidido, está que trina. Porque quien tendría que estar interrogando al hijo de Letang es Vega y él, no Vega y Levrero.

—Así que las chicas desaparecidas estaban de fiesta… —murmura Begoña, acercándose a la mesa de Daniel con un café bien cargado en la mano, que falta le hace.

—Ya ves. A Morgado se la llevan los demonios, pero es preferible eso a encontrar sus cadáveres en una cuneta, ¿no?

—Ya te digo. No todo tiene que ser tan siniestro ni acabar mal, pero es normal que os temierais lo peor. Hemos visto de todo y nada bueno.

—Oye, el que ha llegado con Vega y el comisario es el hijo de Letang, ¿no?

—No sé para qué preguntas si sabes perfectamente quién es, inspector Haro —le guiña el ojo Begoña, callándose muchas cosas, porque no entiende por qué Levrero lo ha apartado de ellos, de Vega, del equipo... algo ha pasado y ella, cosa rara, no se ha enterado del chisme—. Ha llegado de los Estados Unidos hace nada, vamos, que ha venido del aeropuerto directo al anatómico forense a ver a su madre.

—Umm...

—¿En qué estás pensando?

—En nada —responde Daniel, reflexivo y sin mirarla, levantándose de la silla y saliendo al exterior.

«Hoy es viernes, 7 de junio de 2024. Mi nombre es Bosco Alcalá Falcó y en dos días estaré muerto».

Cuando Thiago ha vuelto a escuchar la voz de su amigo Bosco, algo en su interior se ha removido. Ha estado a punto de echarse a llorar, hasta que Bosco, el muy cabrón, declaró:

«Por eso, voy a contar la verdad. Y se la voy a contar a Rosa Martínez, la madre de Érica Martínez, y que ella haga lo que crea conveniente con esta grabación para que se haga justicia».

Su madre tenía razón. Bosco era un traidor. Se chivó y se lo contó todo a Rosa, *la chacha*, ni más ni menos, que resultó ser la más afectada de todos. ¿Pero cómo había llegado su madre a esa conclusión? ¿Rosa había hablado con ella?

No obstante, lo que al principio ha sido pena por

la pérdida de su amigo, que creyó que jamás iba a poder superar, y por volver a escuchar su voz, se ha ido convirtiendo en rabia. Rabia por las cosas que dijo de él. Rabia por traicionarlo después de todos los mensajes que le ha ido enviando a lo largo de este año pese a que Bosco nunca contestaba... Y Juan le decía:

—Tío, déjalo, ¿no ves que pasa de nosotros? A tomar por culo, que le den.

Y aun así, Thiago se negaba a perder el contacto con Bosco, al que, hasta hoy, había considerado su mejor amigo. No imaginaba que pudiera hacerles algo así.

Al final, antes de que el comisario pare la grabación del móvil, poniendo nervioso a Thiago porque no para de mirarlo como si quisiera atravesarlo, oye a Bosco decir con voz temblorosa:

«Y esto es todo, Rosa. Todo lo que necesitas. El testimonio de un muerto. Dame dos días y después presenta esta declaración a la policía o haz lo que creas conveniente. Fermín no merece seguir un día más en prisión por un crimen que él no cometió. El domingo dejaré de existir. Pero la verdad, esta verdad, tiene que salir a la luz. Y que los verdaderos culpables paguen por lo que hicieron».

Vega y Levrero observan a Thiago, cuya reacción es de absoluta incredulidad. Mientras escuchaba con atención la revelación de Bosco, ha tenido tiempo de pensar en la mejor respuesta, y ha decidido que sea esta:

—¿Pero esto qué es? ¡Es mentira! Joder, pero ¿por

qué se inventó algo así? ¿Tanto rencor nos tenía porque decidimos estudiar en los Estados Unidos? Jamás lo hubiera imaginado… No, de Bosco no… Yo, ahora mismo, con lo de mi madre, no necesito esto… no puedo con esto, ¿entendéis? —les dice, al borde de las lágrimas—. Bosco estaba… me sabe fatal hablar así de él, pero era un trastornado; de hecho, y es algo que se puede comprobar, iba al psicólogo desde que era un crío, porque siempre andaba con fantasías y mentiras. Sí, Bosco era un mentiroso patológico que siempre nos estaba metiendo en problemas. Juan y yo nos fuimos a los Estados Unidos. Le dijimos que lo mejor era que él se quedara en Madrid porque no iba muy bien en los estudios y en Yale te comen vivo y… y… y supongo que se cabreó con nosotros, que se sintió abandonado o yo qué sé… y esta… —Señala el móvil, contrae una mueca de dolor—… esta fue su forma de vengarse antes de quitarse la vida —declara, a ratos contundente, a ratos balbuceante.

—¿Érica no estuvo en tu casa la noche en la que la asesinaron? —pregunta Vega, otorgándole el beneficio de la duda pero pensando que Thiago está mintiendo y que lo que Bosco contó es lo que de veras ocurrió.

—¡No! ¡Claro que no! —niega exaltado, abriendo en exceso los ojos—. Nunca tuvimos relación con ella. Bosco mintió. No sé por qué lo hizo, pero mintió, lo que dijo no tiene ningún sentido.

A Levrero le suena el móvil, cuya pantalla mira con fastidio. Sale un momento de la sala y entra a los dos

167

minutos mirando con apuro a Vega y diciéndole a Thiago:

—¿Vas a casa?

—¿A casa? Eh… no, no, me quedo en el centro —contesta Thiago.

—Mejor, porque en un rato volveremos a tu casa de Dehesa de la Villa en busca de pruebas —le informa Levrero.

—Vale, eh… Pero ¿cuándo podré volver?

—Mañana. Te entregaremos la copia de las llaves junto al resto de pertenencias de tu madre excepto el móvil, que todavía estamos analizando. Una última pregunta, Thiago, ¿sabías que tu madre guardaba un arma en una caja fuerte del despacho?

Thiago mira al comisario como si no le hubiera entendido.

—¿Que mi madre tenía un arma en casa? —El chico arruga la nariz, tuerce el gesto, niega con la cabeza—. Qué va, ni idea. Vamos, no lo creo.

—¿Y te suena el nombre de Pancho? ¿Pancho Duarte?

Thiago traga saliva con fuerza.

No es el momento de mostrar sus debilidades, de regresar a aquella noche en la que, efectivamente, un tal Pancho y dos tipos más se llevaron el cadáver de Érica.

Y su madre le dijo:

«—¿Ves a ese hombre? Es la única persona en la que puedo confiar. Siempre que haya dinero de por medio, claro. Pero bórralo de tu memoria, como si nunca lo hubieras conocido. ¿Entendido? Tú nunca has conocido

168

a Pancho».

—No, no me suena —niega, excusándose con que—: Mi madre conocía a mucha gente, se me mezclan nombres y… no sé.

—Puedes irte, Thiago. Hemos acabado.

Vega mira a Levrero interrogante.

«¿Qué está pasando aquí? ¿Quién te ha llamado? ¡¿Pero no ves que nos está mintiendo?!».

Thiago se levanta. Trata de poner su mejor cara pese a los recuerdos que Bosco le ha hecho revivir a través del testimonio que le grabó a Rosa, y abandona la sala. Pero, cuando está en el quicio de la puerta, se gira y dice con decisión:

—Espero que deis con la persona que ha matado a mi madre. Es lo único que importa, lo único en lo que deberíais centraros ahora mismo.

—Niñato de mierda —espeta Vega, frustrada, cuando Thiago sale por la puerta y no hay posibilidad de que la oiga—. Esconde algo, Nacho.

—Ha llamado el juez. Que dejemos al chaval en paz, que demasiado tiene encima, y que nos centremos en descubrir quién ha matado a Letang, que lo que estamos haciendo nos está distrayendo de lo importante.

—Lo que te decía —resopla Vega—. Rosa tenía razón. Les importa una mierda quién mató a Érica. No van a reconocer que la cagaron, que encerraron a un inocente, y por no asumir la culpa, el testimonio de Bosco va a quedar en agua de borrajas. Ni siquiera me ha dado tiempo de preguntarle por el perro, porque en algún lugar tiene que estar, ¿no?

—Si el trofeo con el que Bosco dijo que Letang golpeó a Érica aún tiene restos, van a tener que asumirlo, Vega —dice Levrero, con calma, ignorando el tema de la desaparición del perro de la presentadora—. Un equipo de la Científica está yendo para allá, dame un momento y nos vamos —le dice, dirigiéndose hacia su despacho.

En cuanto Vega sale de la sala, se detiene un momento para hablar con Begoña y Samuel. La orden de busca y captura contra Pancho está en marcha, han sido rápidos pese al gran volumen de trabajo. Si tienen suerte, en el momento en que lo detenga la policía mexicana, se cursará la petición de extradición.

Begoña, por su parte, que ha puesto al día a Samuel sobre el encuentro que tuvieron ayer con Rosa, ha conseguido el contacto de los padres de Bosco. Tal y como le ha pedido Vega, ha quedado con ellos en su chalet de La Moraleja mañana sábado a las diez.

—Me han dicho que entre semana es imposible pillarlos tranquilos en casa —añade Begoña—. ¿Podemos hacer algo más? Los colegas periodistas y exjefes de Letang están demasiado ocupados para venir a hablar, nos están dando largas, y, aunque se agradecería, como tampoco están obligados a colaborar y lo saben, pues…

—No creo que sean relevantes, ya sabemos lo que pensaban de Letang. Pero indaga sobre Arancha, la periodista a la que le fallaron los frenos… padres, hermanos, novios… Sigo pensando que detrás del asesinato de Letang hay alguien que ha buscado venganza, y no necesariamente tiene que ser de las altas esferas o un sicario profesional como creímos al principio.

—Vale, me pongo a ello.

—Y, después, id a casa y descansad, que llevamos mucho tute. Decidle al comisario que lo espero fuera.

Cuando Vega sale al exterior, con la intención de respirar un poco de aire tras la claustrofobia que ha sentido en la sala junto a Thiago y Levrero, distingue con el rabillo del ojo a Daniel. Lo ve de espaldas, caminando a paso rápido, siguiendo a alguien… a Thiago. Daniel está siguiendo a Thiago.

CAPÍTULO 21

En el chalet de Lidia Letang, Dehesa de la Villa
18.40 h

Cuando la Policía Científica ha llegado, ya era demasiado tarde para huir y hacer ver que no había pasado por ahí, que ni siquiera se encontraba en Madrid y que se comiera el marrón su hijo cuando llegara, que para algo le había pagado el billete en primera clase desde los Estados Unidos.

Roberto, el exmarido de Lidia, el que estaba en Roma por trabajo y no tenía previsto regresar a Madrid en los próximos días, no ha pensado que la policía volvería a registrar la casa. Al fin y al cabo, habían matado a su ex en la calle, concretamente en el interior del coche que ni siquiera llegó a entrar en el garaje. ¿Por qué están aquí?

Le ha pillado por sorpresa y fuera de juego. No tendría que haber regresado, no tan pronto. Ahora que la arpía de Lidia ya no iba a entrar por la puerta, Roberto pensaba adueñarse de la propiedad y dejar de pagar un pastizal al mes por el ático con vistas al Retiro que tuvo que alquilar después del divorcio.

—Tenía entendido que se encontraba en Roma —desconfía Vega después de las presentaciones y de haberle mostrado una orden del juez para volver a hacer un registro en la casa más exhaustivo que el de la otra noche.

—Y yo tenía entendido que ya habían acabado su trabajo aquí —contesta Roberto, altivo y a la defensiva, mientras Levrero va directo a la vitrina de trofeos. Busca el que tiene forma de pirámide y que en la placa ponga el nombre de Letang o premio a presentadora revelación y el año, 2002, pero no lo encuentra.

—Señor Lara, ¿ha tocado algo de la vitrina? —pregunta Levrero, sin dejar de mirar los relucientes trofeos.

—¿Yo? No los podía tocar ni cuando vivía aquí, así que... no. Claro que no.

—¿Pero qué hace aquí? —quiere saber Vega, insistente, indicándole con un gesto a Roberto que se retire del espacio que están ocupando, que es encima de la alfombra, a unos pocos metros del sofá donde creen que Letang atacó a Érica, para que los compañeros saquen muestras, aunque es difícil que, transcurrido un año, queden restos. Hasta es posible que Letang se deshiciera de la alfombra sobre la que Bosco dijo que Érica cayó tras el golpe mortal—. Mi compañero habló con usted, estaba en Roma y no tenía pensado volver en unos días. Dijo que tenía trabajo y que ya se encargaría su hijo, con quien hemos estado hablando hace un rato en comisaría.

—¿Mi hijo ya está aquí?

—¿No han estado en contacto? —se extraña Vega.

Tras unos segundos de confusión, Roberto contesta:

—No… bueno, hablamos lo justo. Él estaba más unido a su madre. Yo he pasado por aquí para… en fin, a por papeles. Pero… ¿Pero qué hacen? ¿Por qué sacan muestras de la alfombra, del suelo…? A Lidia la dispararon en su coche, en la calle, esto no tiene ningún sentido…

—¿Conoce a Rosa Martínez? —inquiere Vega, a quien le llama la atención la alarmada expresión que Roberto ha compuesto tan repentinamente.

—Claro, trabajó en casa durante muchos años —contesta Roberto distraído, mirando hacia todas partes menos a Vega.

—¿Y también conocía a Érica, su hija? —pregunta Levrero, consiguiendo con esta pregunta que el ex de Lidia se esté un poco quieto.

—Eh… sí. Sí, algunas tardes, al salir del colegio, se juntaba con los chicos. Con Thiago, Bosco y Juan, que también parecía que no tuvieran casa, porque siempre andaban por aquí... Rosa los tenía muy mimados.

—Tenemos un testimonio, el de Bosco, en el que declaró que Lidia mató a Érica. Y que Lidia la golpeó aquí, con el trofeo con forma de pirámide que estamos buscando.

—Pero Bosco… —Roberto se lleva la mano a la nuca y, nervioso, desvía la mirada en dirección a la vitrina—… Bosco está muerto. Se suicidó en… ¿junio? ¿Ya han pasado tres meses?

—Dos días antes de quitarse la vida, fue a ver a Rosa. Grabó su testimonio, la verdad de lo que le ocurrió a Érica. Le hemos mostrado la grabación a su hijo, aunque lo ha negado todo. Ha dicho que fue una especie de venganza de Bosco porque ellos se largaron a los Estados Unidos y lo dejaron solo en Madrid. ¿Dónde estaba usted el 9 de junio del año pasado?

Debido a los nervios, Roberto se echa a reír, como si en lugar de estar hablando de un trágico suceso, la inspectora le hubiera contado un chiste.

—No recuerdo ni lo que comí ayer, inspectora, voy a recordar lo que hice el año pasado…

—Un hombre tan ocupado como usted debe de tener una agenda. O una secretaria que le lleve los viajes, las reuniones, las citas…

Roberto levanta el dedo índice de la mano derecha y les da la espalda a Vega y a Levrero para realizar una llamada. Se lleva el móvil a la oreja y regresa a los pocos minutos.

—Tenga, hable con mi secretaria —le dice Roberto, tendiéndole el móvil.

Vega resopla. No soporta a este tío que se cree superior a ellos. Seguidamente, se lleva el móvil a la oreja.

—Buenas tardes, soy la inspectora Martín.

—Buenas tardes, inspectora, mi nombre es Marina Salas y soy la secretaria del señor Lara —contesta al otro lado una mujer de voz grave, empleando un tono resolutivo y profesional—. He estado revisando la agenda de 2023, y el señor Lara estuvo en Londres desde el día 3 de junio hasta el día 12. Puedo enviarles una copia de los billetes de avión, la reserva del hotel, facilitarles tickets de restaurantes, pubs, taxis… no querríamos incomodar a la gente con la que se reunió esos días para que verifiquen lo que le estamos diciendo.

—También necesito saber dónde se encontraba el señor Lara hace dos días, el 11 de septiembre —le pide Vega, ante un atónito Roberto.

—En Roma, inspectora, donde ha estado desde el día… deme un segundo para consultarlo… —Vega oye al otro lado de la línea el sonido de un teclado—… desde el día 5. De hecho, el señor Lara ha llegado a Madrid hace escasa hora y media. ¿También necesitará los billetes, la reserva del hotel, tickets de restaurantes, taxis…?

—Sí, con una copia de los billetes de avión, las reservas del hotel y los tickets, tanto de Londres el año pasado como de Roma estos últimos días, bastará. Gracias, señora Salas —resuelve Vega, devolviéndole el móvil a Roberto, que compone un gesto de desagrado—. ¿A qué se dedica, Roberto?

—A la moda. Soy consejero de varias marcas de Louis Vuitton Moët Hennessy, de Christian Dior, desde hace ocho años —contesta con la barbilla alzada, henchido de orgullo.

—¿Cómo era su relación con su exmujer? —empieza a interrogar Vega, mientras Levrero, sin entorpecer el trabajo de los compañeros de la Científica, se dirige al despacho con las puertas correderas cerradas.

—Eh, eh, ¿adónde va? —le pregunta Roberto a Levrero—. Es que, de verdad, aunque traigan una orden, no pueden invadir así como así una propiedad priv...

—Y tanto que podemos —se le encara Levrero, hablándole con el mismo aire chulesco que Roberto ha empleado contra ellos desde que han llegado—. Haga el favor de contestar a las preguntas de la inspectora Martín —zanja, retándolo con la mirada mientras abre las puertas correderas que dan al despacho de Letang.

A Roberto se le acelera la respiración, las mejillas se le encienden y se le humedecen los ojos mientras trata de responder a Vega sin que le tiemble la voz:

—Tensa. Mi relación con Lidia siempre fue tensa. Yo tenía que ir con cuidado porque todo lo que hacía o decía le parecía mal. Nos separamos hace tres años, demasiado aguanté. Apenas teníamos contacto, nuestro hijo ya no nos necesitaba, iba a su aire, y reconozco que me aislé... —contesta con la cara desencajada, como si en cualquier momento pudiera recibir un golpe inesperado.

—¿Le suena el nombre de Pancho Duarte?

—Era un amigo de Lidia, sí. Estuvo un par de veces en casa, pero no lo recuerdo bien.

—¿Sabe que era un sicario?

—¿Un sicario? ¡No, por Dios! Yo qué iba a saber —exclama, y el hecho de que haya levantado la voz exageradamente, no ha reflejado en absoluto sorpresa, como si no fuera tan descabellado que Lidia se juntara con asesinos a sueldo.

—¿Y sabía que Lidia tenía un arma escondida en una caja fuerte en el despacho?

Parece que Roberto vaya a desmayarse de un momento a otro.

—Joder, Lidia era… a ver, no era una buena persona, eso lo sabe todo el mundo y fue uno de los motivos por los que me separé de ella, porque me tenía amargado, pero ¿me está queriendo decir que Pancho era un sicario, que Lidia tenía un arma en casa, que…?

—Un arma que ha desaparecido de la caja fuerte y que creemos que fue con la que dispararon a su exmujer. Se trata de una Five-SeveN, un arma belga muy poco habitual que es la que suele utilizar Pancho, que se encuentra en paradero desconocido desde el asesinato de Raúl Encina, el vecino de la casa de al lado.

—¿Que Raúl está muerto? —se le desencaja la cara a Roberto, que, pese a estar al corriente del vídeo sexual que difundieron de su exmujer, todavía ignora que el responsable era Raúl y que pagó muy cara su codicia.

—Curiosamente, pocos minutos después de que, supuestamente Pancho asesinara a Raúl, Lidia recibió un mensaje que decía que el trabajo estaba hecho.

—¿Y ese mensaje se lo envió Pancho a Lidia? ¿Me está diciendo que Pancho era un sicario? El... ¿El sicario de Lidia? ¿Pero eso existe? Es decir... ¿Hay gente que mata por encargo, como en las películas?

«¿Pero en qué mundo vive este hombre?».

Hay gente sin escrúpulos que es capaz de hacer cualquier cosa por poder, dinero, codicia, envidia, celos, amor, desamor, despecho, venganza... Para ocultar sus oscuros secretos y evitar que la verdad salga a la luz. Por locura. Por pura maldad. Son tantos los motivos, que podrían ocupar un capítulo entero.

Vega no contesta. Se limita a asentir en el mismo momento en que Levrero sale del despacho con un trofeo con forma de pirámide metido en una bolsa de pruebas.

—Lo he encontrado en la maleta que ha dejado encima de la mesa del despacho de su exmujer —empieza a decir Levrero, dirigiéndose a Roberto—. Una maleta con su nombre, Roberto Lara, en cuyo interior hay ropa, documentos... y, qué curioso, el trofeo con el que, según el testimonio de Bosco, Lidia mató a Érica, y que usted ha debido de coger de la vitrina que no se le permitía tocar cuando vivía aquí.

No queda nada de la altivez con la que Roberto intentaba ocultar su preocupación. Derrotado, con los hombros hundidos y la vista clavada en el suelo, pregunta con un hilo de voz:

—¿Voy llamando a mi abogado?

CAPÍTULO 22

En el chalet de Lidia Letang, Dehesa de la Villa
Tres años antes
Un día cualquiera del mes de abril de 2021

—Un polvo de despedida y se acabó para siempre —le dijo Lidia a Roberto con la frialdad que la caracterizaba, como si los veinte años a rebosar de discusiones e infidelidades por parte de ambos, no hubieran significado nada.

Seguidamente, mientras Roberto se encontraba en la planta de abajo, concretamente en el despacho cogiendo algunos de sus libros de la extensa biblioteca, Lidia, *por hacerle el favor*, se dedicó a sacar toda su ropa del armario. Sin delicadeza alguna, iba tirando encima de la cama que aún olía a sexo, los trajes, pantalones, los jerséis de Roberto… Era un adicto a la moda, ¿cuánta ropa tenía? Qué barbaridad. ¿Cómo era posible que la ropa del hombre ocupara más espacio que la de la mujer?

¿En qué casa se ha visto algo así?, se preguntó Lidia.

Lidia nunca había invadido la privacidad de Roberto. No se consideraba una mujer celosa, y, si algo valoraba más que el dinero o las propiedades, era la libertad. Le daba bastante igual con quien se acostara su marido, hombres, mujeres... Ella sabía, desde que se conocieron en la fiesta de la productora para la que trabajaba allá por el año 2001, que a Roberto le iba todo. De hecho, se conocieron de una manera bastante curiosa y nada romántica, cuando Lidia, borracha como una cuba, se confundió y entró en el lavabo de hombres, y se encontró a Roberto follando con un cámara. Cuando él salió y la encontró, le dijo con una sonrisa boba:

—No era lo que parecía.

—Como si a mí me importara —rio Lidia.

—Soy Roberto, trabajo como guionista.

—Lidia.

—Lo sé.

Y así empezó todo.

Un breve instante que podría haberse quedado ahí, sin más, como tantos otros sucesos que pasan sin pena ni gloria, pero que estaba destinado a alagarse en el tiempo y a convertirse en veinte años de relación con más momentos para olvidar que para recordar.

A los seis meses, locos el uno por el otro, se fueron a vivir juntos. Un año más tarde, cuando la carrera de Lidia parecía imparable y Roberto había dejado su trabajo en la productora para escribir una novela que nunca terminó,

181

celebraron una boda con más de quinientos invitados y compraron el chalet de Dehesa de la Villa.

De cara al exterior, era la pareja perfecta: guapos, compenetrados, divertidos, exitosos, un pelín snobs... Pero Roberto seguía teniendo la manía de encerrarse en los baños en compañía de hombres, como si Lidia no lo saciara del todo. Sin embargo, ella no se quedaba atrás. Sus romances fuera del matrimonio eran muy sonados en el mundillo. Compañeros de cadena, guionistas, directores, actores, modelos, su entrenador personal... Hasta que en 2004, Lidia se quedó embarazada. No era algo buscado, había sido precavida en cada una de sus relaciones sexuales. Para Lidia fue un drama. Hasta se planteó la posibilidad de abortar. Pensaba que un crío podría destrozarle la carrera y la vida. Pero algo en ella se ablandó cuando acudió a la primera ecografía y vio al garbancito que crecía en su interior y escuchó sus latidos vigorosos, y resultó que trabajar con barriguita de embarazada hizo que ganara muchos adeptos.

¿En qué momento se convirtió en la mala, la bruja, la zorra, la más odiada, cuando a principios del siglo XXI, qué gloriosos aquellos años en los que le llovían las ofertas y los premios, era la presentadora más querida de la televisión?

—A ver si no va a ser mío —bromeaba Roberto—. ¿Vas a tenerlo?

—Sí. Para la próxima ecografía vienes, y entenderás por qué he decidido seguir adelante con el embarazo

—le dijo con dulzura, una dulzura que Roberto nunca había visto en Lidia—. Cuando nazca, hazte la prueba de paternidad, ¿vale? Quiero estar segura de que es tuyo.

Thiago resultó ser hijo de Roberto y supuso un alivio para el matrimonio, aunque, si no lo hubiera sido, nada habría cambiado. Habrían seguido fingiendo, ya no como la pareja perfecta, sino como la familia perfecta.

Lidia dio a luz el 5 de julio de 2004. El lunes día 12, para asombro de todos, ya estaba trabajando, aunque necesitaría tres meses para recuperar su esbelta figura. Obsesionada con su físico, nunca antes se había machacado tanto en el gimnasio como durante aquellos meses en los que matarse de hambre también ayudó a que adelgazara rápido.

A Thiago lo cuidó Roberto, que ya había desistido con lo de la novela y se dedicaba a no hacer nada y a vivir del boyante sueldo de su mujer. No obstante, Roberto no habría sobrevivido a esos primeros meses sin Rosa. ¿Qué habrían hecho sin ella, que sabía en cada momento lo que el bebé necesitaba?

Por aquel entonces, y así sería hasta 2010, cuando Thiago, con seis años, reclamaba incluso más atención que durante sus primeros meses de vida, la empleada se repartía el trabajo entre la casa de Lidia y la de los Silva en Boadilla. No obstante, Lidia se sentía orgullosa de pagarle más, por lo que la mayoría de su jornada laboral la pasaba en su casa, con su bebé y su marido.

¿Y por qué regresó esa época a la memoria de Lidia

mientras sacaba la ropa de Roberto y rebuscaba en el armario?

Porque encontró una cajita de cartón que no dudó en abrir. Por curiosidad, por desconfianza… Qué indefensas parecen ese tipo de cajas que se guardan debajo de la cama o en el fondo del armario, ¿verdad? Aunque muchas pueden destapar secretos que hieren. Muchas de esas cajas, en apariencia inofensivas e incluso bonitas, pueden contener bombas que te estallan en la cara y te cambian la vida para siempre.

En el interior de la cajita de Roberto, había fotos, muchas fotos de Érica, la hija de Rosa, que tenía dieciséis años. Lidia las fue pasando una a una, advirtiendo por primera vez un pequeño parecido entre la chica y Roberto. Hizo cálculos. Recordó el embarazo de Rosa. Ya estaba de unas ocho semanas cuando se lo dijo en la Navidad de 2004. Thiago tenía cinco meses y a Lidia le aterraba que Rosa los dejara tirados. Sin embargo, y para alivio de Lidia, Rosa no dejó de trabajar en su casa hasta la semana treinta y ocho. Le costaba hacer las faenas. Lidia fue benevolente y le dijo que hiciera lo que pudiera, con tal de que tardara en coger la baja.

Rosa tuvo a la niña en verano, en agosto de 2005.

¿Puede que Roberto estuviera más callado y ausente que de costumbre?

Lidia había dado por sentado que, con lo recatada que era Rosa, esa niña era fruto de una relación formal con alguien ajeno a su vida y a la de su familia. Pero en ese momento, con la caja abierta y todas las fotos de Érica desplegadas sobre la cama, cayó en la cuenta de que nunca se lo preguntó. Lidia nunca se interesó por la vida privada de su empleada. Rosa era menuda y muy guapa, aunque los años le habían arrebatado la belleza de la que parecía no percatarse. Nunca creyó que Roberto pudiera sentirse atraído por ella, pero ahora, mirando esas fotos... Prácticamente, Rosa crio a Thiago y a Érica juntos. Con Roberto en casa. Mientras ella estaba trabajando y viajando y recogiendo premios y machacándose en el gimnasio y follándose a su entrenador personal...

—Joder... —musitó, devolviendo las fotos al interior de la caja, como si contuviera algo repulsivo que le había provocado náuseas.

Pese al impacto inicial que le causó el descubrimiento, Lidia no sintió mucho más. El corazón le latía con normalidad, ni un vuelco en el estómago, ni ganas de llorar... No tenía derecho a sentir nada: ni dolor, ni enfado, o eso pensó, aunque la traición se hubiera producido dentro de su casa, puede que en la cama en la que estaba sentada y que miró con asco, levantándose como si le hubiera dado un calambre en el trasero. Y es que, entre Roberto y Lidia, había muy pocas normas, pero una de ellas, la más importante desde que Thiago nació, era la de no acostarse con otros en casa.

Escondió la caja. Roberto se llevó su ropa y sus libros, pero no preguntó por la caja que tenía escondida en el fondo de su lado del armario. Puede que no le diera importancia. Que no recordara que la tenía ahí. O que, simplemente, no deseara hablar del tema con Lidia.

Roberto se largó sin mirar atrás. Caminaba más ligero, como si, durante los últimos veinte años de su vida, hubiera cargado con una mochila llena de piedras de la que, por fin, se había desprendido. Para Lidia, a pesar del hijo que los unía para siempre, Roberto empezó a formar parte del pasado. No obstante, la rabia, el enfado, la imposibilidad o la creencia de que no tenía derecho a sentir, siempre queda ahí, como un quiste que, con el tiempo, puede aumentar su tamaño hasta resultar muy peligroso. Y es que, aunque nunca lleguemos a saberlo, es posible que, si Lidia no hubiera descubierto las fotos de Érica, llegando a la conclusión de que era hija de Roberto y medio hermana de Thiago, nunca se hubiera producido el golpe mortal que le propinaría en la cabeza dos años más tarde.

CAPÍTULO 23

Malasaña
22.15 h

Aunque está claro que Roberto no es el autor material del asesinato de Lidia, deberá responder a muchas preguntas durante los próximos días. ¿Por qué, después de negar haber tocado la vitrina de trofeos, había metido en la maleta el de la forma de pirámide que se han llevado al laboratorio a analizar, pues según Bosco fue con el que Lidia golpeó a Érica, provocando su muerte?

—Ese premio era muy importante para Lidia, fue de los primeros que le entregaron. Me lo quería llevar de recuerdo —ha dicho, después de preguntar si necesitaría a un abogado, aunque su respuesta no tiene mucho sentido, ya que, ahora que Lidia está muerta, su intención es instalarse en la propiedad de Dehesa de la Villa. Pero eso la policía no lo sabe y que tuviera la maleta abierta, como si tuviera pensado largarse, le ha venido bien, así que chitón.

Levrero ha regresado a comisaría para terminar de atar unos asuntos. Se pasará por el despacho del juez, muy volcado en el asesinato de Letang y, sin embargo, y así se lo hace saber al comisario, no está por la labor de volver a abrir el expediente de Érica Martínez, porque él también opina que admitir que encerraron a un inocente es perjudicial para el cuerpo. Tener pruebas que demuestran que Letang también estuvo detrás del asesinato de la jueza Verlasco o del accidente de coche de Arancha Zamorano, dos personas influyentes, por lo visto no sirve de nada.

Mientras tanto, Vega va de camino a casa. Recorre con paso lento y distraído los pocos metros que la separan de su portal. Va leyendo un extenso wasap de Begoña. Además de preguntarle qué tal en casa de Letang, le recuerda la cita de mañana por la mañana con los padres de Bosco. Begoña ha averiguado que Arancha estaba prometida con un tal Santiago Fortes, reportero de informativos. Santiago se encaró con la policía porque, a su parecer, no estaban haciendo bien su trabajo, e incluso lo arrestaron por golpear a un inspector.

«Interesante», piensa Vega, guardando el móvil en el bolso para sacar las llaves de casa. Cuando levanta la mirada, se percata de la presencia de Daniel. Como siempre, la espera con la espalda apoyada en la fachada, las manos metidas en los bolsillos de los tejanos, la mirada sombría. A Vega le recuerda a la última vez que hablaron, poco antes de resolver el caso de Leiva, por lo que no puede evitar cabrearse y frustrarse al evocar el intento de chantaje de Daniel con revelar su aventura con Levrero. Durante este tiempo, han estado evitándose, algo bastante complicado trabajando en la misma comisaría. Pese a que Daniel ha actuado mal, a Vega le da pena haber llegado a esta situación tan incómoda por la amistad que tuvieron, una amistad que parecía inquebrantable y que, a estas alturas, duda mucho que puedan volver a recuperar. Porque mira a Daniel y no confía en él. Vega cree que Levrero lo ha apartado del caso Letang porque, aunque ella no lo admitió, él sabe que Daniel ha dado varios chivatazos a la prensa y es algo peligroso, sobre todo en casos tan controvertidos y mediáticos como este. Además, aunque Levrero no ha preguntado ni han hablado al respecto, debe percibir que Vega ya no se siente cómoda con Daniel, a quien saluda de malas maneras:

—¿Qué haces aquí?

—Tenemos que hablar, Vega, no podemos seguir así —empieza a decir Daniel, más desesperado de lo que jamás admitiría—. Levrero no me deja trabajar contigo y os hago falta, créeme, os hago mucha falta en el caso Letang. Sé cosas que creo que tú no sabes o has pasado por alto y estoy seguro de que…

—Te he visto siguiendo a Thiago —lo interrumpe Vega, directa y mirándolo fijamente a los ojos, tan centrada en mostrarse enfadada con él, que ni siquiera se da cuenta de que su cara está a escasos centímetros de la suya—. No te metas en esto, Daniel. No estás dentro del caso.

Daniel, todavía con las manos metidas en los bolsillos de los tejanos, mira a un lado y al otro de la calle. Todo ocurre en una fracción de segundo: Vega no se percata de que ha sacado la mano derecha del bolsillo y que está haciendo una especie de señal, cuando tiene su boca encima de la suya y es tal el impacto, que tarda en reaccionar.

—¡¿Qué estás haciendo?!—le grita Vega, apartándolo con violencia de un empujón.

El inspector Haro le dedica una media sonrisa y, sin decir una palabra más, le da la espalda y se larga calle arriba.

Vega no entiende nada. Paralizada, todavía con el sabor a chicle de menta en la boca fruto de su beso con Daniel, ve cómo se aleja. El instante ha sido tan raro, ha pasado todo tan deprisa, pillándola con la guardia baja, que no parece que haya sido real. Ni siquiera ha terminado de comprender lo que Daniel le ha dicho: que sabe cosas que ella ignora o ha pasado por alto.

A Vega le cuesta asimilar lo que ha ocurrido incluso cuando entra en casa, se descalza, y va directa al cuarto de baño a darse una ducha.

En ese mismo momento, en comisaría

A Levrero le vibra el móvil en el bolsillo trasero del pantalón, cuando se encuentra inmerso en una discusión con el juez sobre el asesinato de Érica. El juez, con tono severo, le aclara que no le va a llevar a ninguna parte. Porque pasó hace un año. Porque forma parte del pasado. Porque ya detuvieron a su asesino y ahora solo interesa Lidia Letang. Una excusa tras otra, Levrero está harto. Como por inercia y pensando que es Vega, que ya debe de haber llegado a casa, coge el móvil aun teniendo al juez delante.

—Es tarde, váyase a casa y descanse —le sugiere el juez—. Mañana lo verá todo con más claridad. No pierdan el tiempo analizando ese trofeo. El asesinato de Letang es lo único que nos concierne ahora, Levrero, y no tenemos nada. No se distraigan con otros temas, aunque crean que tienen relación.

—Eh… perdone, si me disculpa… tengo que atender… —balbucea Levrero, ansioso por abrir el wasap que le ha enviado el inspector Haro con tres fotos adjuntas.

—Atienda, atienda. Buenas noches —se despide el juez, que estaba deseando quitarse de encima al comisario.

—Buenas noches.

Levrero sale del despacho y se detiene en mitad del pasillo. Lee el mensaje de Daniel antes de abrir las tres fotos que le acaba de mandar:

Se lo dije, comisario.
Vega siempre me acaba perdonando.

Una puñalada habría dolido menos que ver a Vega besando efusivamente a Daniel en plena calle, frente al portal por el que ha entrado y salido incontables veces durante estos últimos meses. El mismo portal por el que Levrero debería estar entrando en media hora, cuarenta minutos…, lo que tardara en llegar a Malasaña desde comisaría pero que ahora, después de esto, no piensa volver a pisar en su vida.

Dos horas más tarde, en el piso de Vega + Los imprevisibles pasos de Daniel

Vega lleva dos horas sin soltar el móvil. No sabe nada de Levrero, que hace rato que, tal y como habían quedado al despedirse, debería haber llegado a casa. No contesta a sus wasaps ni a sus llamadas, le ha dejado tres mensajes en el buzón de voz… Apenas presta atención al *Especial Lidia Letang* que están emitiendo en la última cadena para la que trabajó con su controvertido programa: *Toda la verdad*. Después de que Letang se pusiera de parte de un violador y asesino sin pruebas y aportando datos falsos, están recordando que cancelaron el programa y dejaron de llamarla y de hacerle propuestas. Solo la convocaban para intervenir en algún programa, ¡qué degradante debió de ser para *la gran estrella*!, y, al final, también dejaron

192

de hacerlo porque la liaba con su recurrente verborrea.

El móvil de Vega suena. Un wasap. Lo mira con impaciencia, para, al segundo, sentirse decepcionada al ver que se trata de Begoña:

> Con razón ningún colega de Letang
> ha tenido tiempo de venir a comisaría…
> Están todos en la tele echando pestes de ella.
> Es muy fuerte. ¿Lo estás viendo?

Sí, alucinante, la de cosas que están saliendo…
¿Ves a algún sospechoso entre los tertulianos?

> ¿El de la pajarita amarilla?

Mmm…

> Perdona, jefa, llevo dos copas de vino
> de más. Ya me callo.

Te las mereces.
¿Mañana quedamos un poco antes?
¿A las 9.50 en casa de los padres de Bosco?

> Vale, iré directa para allá.
> Buenas noches.

Buenas noches, Begoña.
Descansa.

Las doce y media y sin noticias de Levrero.

Vega ignora por qué no da señales de vida.

Porque, ¿cómo sospechar que Levrero ha recibido un wasap con tres fotos del momento en el que Daniel la ha besado y se ha sentido traicionado, dolido, asqueado por los cuernos que cree que arrastra? Y que ese mensaje que oculta tanta envidia y tanta rabia, ha sido enviado por el propio Daniel. ¿En qué momento se ha vuelto tan cabrón? El beso forzado que Vega ha decidido lanzar al olvido, sigue presente en Levrero, que se encuentra en la otra punta de la ciudad ahogando la traición en alcohol. Daniel ha cumplido con su amenaza, aunque su arrebato no deja de ser ridículo e infantil. Arriesgándose a perder su móvil, le ha pagado cincuenta euros a un vagabundo para que, a su señal, fotografíe el instante en el que ha forzado a Vega. Todo ha salido a pedir de boca. El vagabundo ha sido honesto. Le ha devuelto el móvil, el tipo solo quería el billete de cincuenta, y las fotos, aunque un poco oscuras, son buenas.

—Jódete, comisario —ha murmurado Daniel después de enviarle el wasap.

Seguidamente, sus pasos lo han conducido de nuevo a la calle de Almagro, al lado de la Plaza de Alonso Martínez. Se ha sentado en un banco delante del portal número 1. Qué interesante descubrir que en 2006 Lidia Letang adquirió un piso en ese mismo edificio por el que horas antes ha visto entrar a Thiago, el *afligido* hijo al que ha visto en comisaría y que se ha presentado en el anatómico forense sin equipaje, aun diciendo que había venido directamente desde el aeropuerto.

¿Quién viaja sin maleta? Prácticamente nadie, ¿verdad?

—Estás perdiendo facultades, inspectora Martín —murmura Daniel en la oscuridad, con la mirada fija en la puerta de hierro forjado por la que, a la una de la madrugada, sale un desganado Thiago vestido en chándal, para sacar a pasear al perro por el que el exmarido de Letang ha estado preguntando.

Vega inspira hondo.

Ni se le pasa por la cabeza que a Levrero le haya ocurrido algo, pero está a un par de llamadas sin respuesta de contactar con todos los hospitales de Madrid. Vuelve a seleccionar su contacto y lo llama. Nada, ahora ni siquiera da tono, directamente salta el buzón de voz.

—Nacho… llevo horas esperándote. Podrías haber contestado a mis wasaps o algo o… no sé. Te recuerdo que mañana por la mañana he quedado con Begoña para ir a casa de los padres de Bosco y… bueno, a ver si también damos con el prometido de Arancha, la periodista, que se ve que tuvo algún que otro altercado con la policía. Supongo que estarás en casa, durmiendo… en fin, ya me dirás, ¿vale? ¿Comemos juntos mañana? Te esperaré a las dos en el *japo* de siempre, ¿sí? Un beso.

Resignada, Vega intenta centrarse en el programa

en el que Carrasco, el tertuliano de la pajarita amarilla, empieza a insinuar que, detrás de los asesinatos de la jueza Verlasco y la periodista Arancha Zamorano, estaba la mano de Lidia Letang.

Especial Lidia Letang
¿Qué se sabe sobre su asesinato?
Sus compañeros cuentan _Toda la verdad_ sobre la estrella televisiva de principios del siglo XXI

—Siempre fue polémica. Falsa. Trepa. Mala persona. Una víbora. En los 2000, con el mundo a sus pies, se lo tenía muy creído, y es lo que pasa cuando eres mala persona, que no puedes estar fingiendo siempre, destapas tu verdadera cara y…

—Carrasco, por favor… —interviene Carmen Lapeña, la moderadora.

—Que se te agotan los adjetivos —ríe Villalobos, otra tertuliana, sabedora de que el programa va a dar mucho de qué hablar.

—Uy, es que no se puede hablar mal de los muertos, ¿verdad? —ironiza Carrasco, guiñándole un ojo a la tertuliana que se ha reído.

Carrasco tiene un brillo febril en la mirada que indica que, quien está al otro lado del pinganillo que le sobresale de la oreja, le está chivando que los picos de audiencia son impresionantes debido al morbo que está despertando el programa y la actitud de los presentes en plató.

«Sin pelos en la lengua», le piden.

—Pero aquí estamos en riguroso directo, y no para

homenajear a una fallecida como tantas otras veces hemos hecho, sino para destapar la verdad, lo que a ninguno de los aquí presentes se nos habría ocurrido hacer cuando Letang vivía, por miedo a que nos enviara a su sicario de confianza, cuyo nombre, por temas legales, no podemos desvelar —continúa Carrasco—. Arancha Zamorano, gran compañera, se arriesgó. Ella sabía que la responsable del asesinato de la jueza Verlasco era Lidia Letang. Sabía que Letang era capaz de hacer cualquier cosa. Y, aun así, Arancha no tuvo reparos en criticarla en todos los platós, advirtiendo que Letang era un peligro para la sociedad. Y eso, claro, tuvo consecuencias…

Todo está preparado para que Carrasco ponga fin a su discurso (de momento) y Arancha cobre vida en la enorme pantalla que hay detrás de los tertulianos:

—Lidia Letang es un peligro para la sociedad. —La periodista Arancha Zamorano habla con voz firme. El tema del programa en el que colaboraba como tertuliana era la doble cara de los famosos, y todo el mundo sabía que en España no había famosa más polémica que la presentadora Lidia Letang. Arancha no mira a cámara, sino al moderador del programa y a sus compañeros—. Hay que tener cuidado con la presentadora estrella. Porque si dices o haces algo que no le gusta… —Comprime los labios, sacude la cabeza, parece estar mordiéndose la lengua, callándose algo importante—… cuidado. Cuidado con Lidia Letang. Podría daros un nombre; de hecho, se trata de algo bastante reciente, pero…

—Dilo, dilo —la anima un compañero.

Arancha mira a cámara, sin sospechar que en dos semanas estará muerta como la jueza Verlasco, cuyo nombre no llega a revelar. Quizá si hubiera tenido más tiempo…

La pantalla se funde a negro. Carrasco, a quien han pillado

acariciando su pajarita amarilla, inspira hondo, y, mirando a cámara, suelta, desafiante:

—Arancha Zamorano murió dos semanas después de un accidente de coche. Manipularon los frenos. Fue asesinada. Nunca encontraron al responsable o a la responsable. Ni siquiera sospecharon de Letang, a quien Arancha llevaba criticando duramente desde el asesinato de la jueza Verlasco, ni la llegaron a interrogar, ni... ¿Hasta dónde llegaba su influencia? ¿No era sospechosa porque era famosa? ¿Acaso los famosos no pueden ser asesinos? ¿La fama es una buena coartada? ¿Y por qué el sicario de Lidia Letang no le pegó un tiro en la cabeza a Arancha como hizo con la jueza Verlasco en su propia casa, con su hijo durmiendo en la habitación de al lado? —Nadie para a Carrasco, que parece una copia de Letang soltando un escándalo tras otro delante de una cámara y disfrutando de ello—. Yo os voy a dar la respuesta: porque habría sido demasiado sospechoso. Detrás del asesinato de nuestra querida Arancha, estaba Letang. Espero que la policía, que ha contactado con algunos de nosotros para saber más sobre la asesina ahora convertida en víctima, tenga en cuenta todo lo que estamos desvelando esta noche.

—Yo lo que espero es que no haya consecuencias legales para la cadena, Carrasco —interrumpe Carmen.

—Espera, Carmen, que no he acabado. ¿Sabéis que Raúl Encina, el vecino de Lidia Letang que apareció muerto en su casa horas después que ella, fue quien filtró el vídeo sexual por el que la vimos histérica, insultando a los paparazzi y rompiendo cámaras? —Todos los tertulianos asienten. Se hace un silencio tenso y estudiado que forma parte del show—. Fue el último asesinato de Lidia Letang.

—Letang estaba muerta cuando asesinaron al vecino —

198

apunta Carmen.

—Perdón, me he expresado mal. Fue el último encargo de Lidia Letang —rebate Carrasco, recalcando la palabra «encargo»—. Y ojo, eh, que yo no voy a decir que le haría un monumento a la persona que ha matado a Letang como he leído en redes a través de cientos de usuarios anónimos, pero... en fin, el asesino o asesina tendría sus razones.

—Veis que, a mi espalda, hay un chico haciendo un directo en su popular canal de Twitch. Tiene millones de seguidores, es un altavoz muy potente. Se trata del famoso modelo e *influencer* Leo Ochoa Verlasco. Muchos de vosotros lo conoceréis, aunque puede que no lo relacionarais con la jueza Verlasco. Leo era su hijo. —La moderadora mira a los tertulianos, Carrasco se frota las manos—. Lo que ha dicho en su canal hace unas horas es muy revelador. Dentro vídeo.

Leo está furioso, desquiciado. Escupe cada una de las palabras como si fueran balas. No tiene filtro:

—Esta mañana he recibido la visita de dos policías. Me han hecho preguntas. Qué hice la noche en la que asesinaron a Lidia Letang. ¡Ey, yo no tengo nada que ocultar, estaba en directo aquí, como cada noche, vosotros sois mi coartada! Pero lo que una de esas polis me ha contado me ha dejado... joder, si lo llego a saber antes... yo mismo me habría cargado a la puta Letang. Por eso esas polis han venido, porque yo, aunque vuelvo a aclarar que no tengo nada que ver con el asesinato, tenía motivos para cargármela.

»Mi madre, la jueza Amanda Verlasco, le hizo perder mucha pasta en un juicio. Me habló de ella, de esa presentadora... una mala persona. Muchos de vosotros sabréis que a mi madre la asesinaron hace tres años aquí, en el mismo piso en el que vivo, de madrugada... de un disparo en la cabeza, y que nunca pillaron a su asesino. Cuando me desperté, la encontré muerta en mitad del pasillo, no pude hacer nada, y hoy… joder, hoy me he enterado de la verdad: que Letang mandó a un sicario a acabar con la vida de mi madre. Maldita zorra…

Por lo visto, Leo siguió insultando a Letang, pero el programa decide cortar aquí. Una de las cinco cámaras que se mueven por el plató enfoca a Carmen, que parece que ha estado conteniendo la respiración.

—¿Y por qué, si los aquí presentes sabíais que detrás de la muerte de Arancha y de la jueza Verlasco estaba Lidia Letang, no se lo comunicasteis a la policía? ¿Por qué no habéis colaborado en la actual investigación? —pregunta Carmen, pero nadie parece querer responder a esa pregunta improvisada, por lo que, inmediatamente, como si estuviera cumpliendo órdenes, corre un tupido velo y añade—: En esta pantalla que tenemos detrás, está a punto de aparecer otra persona en riguroso directo. Se trata de Santiago Fortes, a quien agradezco su intervención en este programa que hemos preparado en tiempo récord. A muchos os sonará su cara. Es reportero de informativos en una cadena de la competencia, pero la mayoría no sabréis, o no recordaréis, que estaba prometido con Arancha Zamorano. Buenas noches, Santiago, gracias por haber aceptado nuestra invitación.

Santiago, con gesto triste y serio, aparece delante de una librería en la que destaca una fotografía de Arancha, tan protagonista en la imagen como él. Su voz rota es muy distinta a la que suele emplear en sus reportajes:

—Buenas noches. Gracias a vosotros.

—Estabas prometido con Arancha… —empieza a decir Carmen. De fondo, se oye a Carrasco susurrar: «Qué pena, está hecho polvo, no lo ha superado».

—Sí. Después de aplazarlo varias veces por trabajo y más adelante por la pandemia, al fin teníamos fecha. Nos íbamos a casar en abril de 2022. No pudo ser. La asesinaron tres meses antes.

—¿Arancha te contó que, detrás del asesinato de la jueza Verlasco, estaba la presentadora Lidia Letang?

—Sí. Arancha llegó a esa conclusión después de que la jueza Verlasco le hiciera perder mucho dinero a Lidia en un juicio en el que fue demandada por difamación. De hecho, Lidia llegó a amenazar a la jueza, pues era el segundo juicio que dictaba sentencia contra ella. Sin embargo, Arancha no tenía pruebas concluyentes contra Lidia, y, por eso, mientras seguía investigándola, se limitaba a criticarla y a advertir del peligro. Que si decías o hacías algo contra ella que no le gustaba, pues... bueno, lo que acabamos de ver. Lo que le terminó pasando a Arancha.

»Arancha ya estaba muerta cuando Lidia presentó ese programa en el que, a saber con qué intención, defendió y quiso hacer creer a la audiencia que Silvio Orozco era inocente de la violación y asesinato de esa pobre chica que tuvo la mala suerte de cruzarse en su camino, Elba Lorenzo. A mí Arancha me lo contaba todo, pero no me lo creí, lo veía demasiado… peliculero. De hecho, cuando empezó a obsesionarse demasiado con el tema de Lidia, diciéndome incluso que pensaba que la estaba siguiendo, que había pinchado su móvil y puesto micrófonos en casa…, intenté frenarla. No estaba bien que se metiera tanto con una compañera delante de las cámaras y con cualquier pretexto. Le dio fuerte con Lidia, era enfermizo. Decía que, de algún modo, tenía que ir dando pistas, que Lidia era un peligro y no podía seguir trabajando por lo mala persona que era. El tiempo le dio la razón con el programa *Toda la verdad* en el que el público se le echó encima hasta conseguir cancelar su emisión y que dejaran de hacerle propuestas.

»Arancha siempre tenía la grabadora del móvil a punto. Pensaba que, de tanto criticarla y hacer amenazas veladas ante millones de espectadores, Lidia la amenazaría, la llamaría o le haría una visita. Nada de eso ocurrió. Cuando sufrió el accidente y vieron que los frenos habían sido manipulados, yo sí le dije a la policía que había sido Lidia. Que a mi prometida la había matado Lidia Letang. Se rieron en mi cara, lo cual hizo que perdiera los nervios y me metiera en líos...

—Golpeó al inspector que estaba llevando el caso —añade Carmen.

—Sí... me equivoqué —admite Santiago, distraído, como si, en el fondo, no se arrepintiera de haberse mostrado violento con el inspector—. Pero, dos años después, todavía creo que no hicieron bien su trabajo. Ni siquiera investigaron a Lidia. La fama sí es una coartada.

El plano se abre mostrando el plató entero con los cinco tertulianos, la moderadora y el público concentradísimo en Santiago, que todavía aparece en la pantalla con gesto meditabundo. Carmen está a punto de decir algo, cuando Carrasco la interrumpe levantando un dedo y, una vez más, como si estuviera siguiendo las órdenes de la voz del pinganillo, pregunta con malicia:

—Santiago, si desde el principio creíste que Lidia estuvo detrás de la muerte de Arancha, destrozando vuestros planes de futuro...

«Haz una pausa teatral, Carrasco —le pide el director—. Ahora inspira hondo, así, muy bien... y... sigue, sigue..., repite lo que te digo».

Y Carrasco añade...:

—Tenías un motivo gordo para matarla, Santiago… ¿Fuiste tú?

No hay respuesta. Santiago se desvanece y la pantalla se funde a negro abruptamente. Está claro que quien ha decidido poner fin a la conexión ha sido Santiago y que no ha habido ningún error como está a punto de excusarse Carmen. Carrasco se queda sin palabras, que ya es raro. Hasta *la voz del pinganillo* enmudece. El resto de tertulianos se quedan tan desconcertados como la gente del público, y los telespectadores, desde la comodidad de sus casas, empezarán a especular que el prometido de Arancha tiene bastantes números de ser el asesino de Lidia Letang, algo que no tardará en trascender en todas las redes sociales.

Vega, sin apartar los ojos de la pantalla y obviando que el directo que ha hecho el hijo de la jueza Verlasco en Twitch puede meterla en problemas, pues la visita fue extraoficial y pecó de darle demasiada información, vuelve a coger el móvil para mandarle un wasap a Begoña.

¿Tienes la dirección de Santiago Fortes?

La tengo.
Ha sido muy raro, ¿no?

Rarísimo.
Mañana, después de hablar con
los padres de Bosco, iremos a hacerle una visita a Santiago.

CAPÍTULO 24

La Moraleja
Mañana del sábado, 14 de septiembre de 2024

Tal y como habían quedado, Vega y Begoña se encuentran frente al chalet de los padres de Bosco unos minutos antes. Además de hablar del directo en Twitch de Leo, qué cagada, Begoña le comenta a Vega que, buscando información sobre programas especiales para homenajear a artistas recientemente fallecidos, lo que emitieron anoche no fue normal, aunque tampoco es normal que asesinen a una famosa. Y lo fácil que habría sido para ellas si al día siguiente de que asesinaran a Letang, el de la pajarita amarilla o cualquiera de los otros tertulianos hubiera acudido a comisaría a declarar. Aunque, por lo visto, sin dinero de por medio esta gente no habla.

—Lo que querían era provocar, generar polémica, y eso es lo que han conseguido. Tenían un buen guion, todo muy preparado salvo la salida brusca de Santiago cuando el de la pajarita le preguntó si era el asesino de Letang, algo que descolocó a todos, y no me creo el cuento de que hubo un fallo de conexión y tal... ¿Sabías que han grabado programas homenajeando a artistas antes de que estos fallecieran? Vamos, que estaban a dos días de morirse, pero qué feo grabar un programa como si ya hubieran muerto, ¿no te parece?

—El espectáculo —murmura Vega—. Debe de ser un mundillo muy falso e irrespetuoso —añade, pensando en Levrero y en que sigue sin dar señales de vida.

—Su hijo estará fatal si ha visto el programa.

—Pues sí —le da la razón Vega—. Letang no era una santa, ahora sabemos que no tenía escrúpulos, que era una asesina, pero era su madre... anoche, y ante millones de espectadores, la insultaron, la desprestigiaron, echaron pestes de ella y hasta soltaron la bomba, lo que nosotros hemos descubierto: que tenía un sicario, cuya búsqueda está siendo un fracaso, que era la responsable de los asesinatos de la jueza Verlasco, de Arancha, del vecino... Debe de ser duro para él ver algo así en la tele que, además, está siendo *Trending topic* en todas las redes sociales... la gente no habla de otra cosa, ahora todo el mundo está diciendo que Letang bebió de su propia medicina.

—¡*Trending topic*! —ríe Begoña—. Veo que te has puesto al día, jefa.

—El caso es que ese tal... Carrasco, y el resto de tertulianos, sabían lo del sicario de Letang y no dijeron nada en su momento. ¿Por qué lo han dicho ahora, y además en público? Se les podría acusar de encubrimiento por no haber colaborado con la justicia.

—Ya, pero bueno, estamos fatal. Qué mala fama. Ya ves para lo que le sirvió al prometido de Arancha… Que se rieron en su cara, dijo, que ni siquiera investigaron a Letang. De ahí a que, desesperado, se mostrara violento con el inspector.

—¿Sabes quién es? —pregunta Vega, pensando en Rosa, que no dijo que Letang era la asesina de su hija por eso mismo, para que la policía no se riera en su cara, aun teniendo el testimonio grabado de Bosco.

—Jaime Navas. Trabaja en la comisaría de Moncloa.

Vega asiente, memorizando el nombre del inspector, mientras llama al timbre del fastuoso chalet de los padres de Bosco.

Le abre la puerta una empleada del hogar que las hace pasar a un inmenso salón, donde Mariana Falcó y Lorenzo Alcalá, elegantemente vestidos como si fueran a una fiesta, las esperan. Educados, se levantan, saludan a Vega y a Begoña tendiéndoles la mano, y les preguntan, con la mirada dirigida a la empleada del hogar que espera en el umbral de la puerta, si desean algo.

—No, gracias —niega Vega.

—Siéntense, por favor —les pide Mariana, señalando el sofá blanco que da la sensación de que pueda ensuciarse con solo mirarlo.

—No entendemos muy bien el motivo de su visita, la verdad —dice Lorenzo, cortante.

—Como saben, Lidia Letang, la madre de Thiago, uno de los mejores amigos de Bosco...

—En esta casa ese nombre está prohibido —interrumpe Mariana, dedicándole a Vega una mirada glacial. Vega no pregunta qué nombre está prohibido, si el de Lidia, el de Thiago o el de ambos; lo que está claro, es que los padres de Bosco cortaron cualquier tipo de relación con ellos después del suicidio.

Vega procede a contarles que Bosco, dos días antes de suicidarse, fue a Vallecas a hablar con Rosa, la exempleada de Letang. Bosco le contó la verdad de lo que le pasó a Érica, no lo que Letang encubrió con la ayuda de Pancho, cargándole el asesinato al jardinero de los Silva. Dejó grabado su testimonio en su iPhone, que dejó en casa de Rosa. Los padres de Bosco escuchan a Vega con atención, dando muestras de que no tenían ni idea y de lo mucho que les sorprende lo que les está revelando.

—El móvil... por eso no encontrábamos su móvil, lo dejó en casa de esa... —balbucea Mariana, nerviosa—. Dios... no sabíamos lo que le pasaba a nuestro hijo, Lorenzo, cómo pudimos ser tan... —Mariana se rompe y empieza a llorar. Temblorosa, se levanta del sillón y se larga del salón siseando un perdón que no llega a los oídos de Vega y Begoña.

—No deberían haber venido —suelta Lorenzo con desprecio—. Jamás podremos superar el suicidio de nuestro único hijo.

—¿No quieren saber la verdad? —pregunta Begoña.

—¿Y de qué va a servir? ¿La verdad me va a devolver a mi hijo? No, Bosco no va a volver. Él eligió morir... ahora lo entiendo. Entiendo la culpa que sintió, y todo por ese desgraciado de Thiago. Ese, ese llevó a mi hijo por el mal camino obligándolo a hacer cosas que...

—Thiago ha declarado que Bosco era un chico fantasioso. Mentiroso. Que lo hizo para vengarse de Juan y de él, y que iba al psicólogo desde que era pequeño.

Lorenzo sacude la cabeza a modo de negación. A Vega y a Begoña no les cabe la menor duda de que, si el padre de Bosco tuviera a Thiago delante, le partiría las piernas.

—Ni era fantasioso ni mentiroso. Bosco tenía un trastorno de déficit de atención con hiperactividad y dislexia. Con los años y una buena atención psicológica se fue calmando y era un chico... era un chico sensacional.

—Lo sé —intenta calmarlo Vega—. Le honra que fuera a casa de Rosa para contarle la verdad sobre el asesinato de su hija.

—¿Hemos acabado? —pregunta Lorenzo sin mirarlas.

—¿Su mujer y usted tenían mucha relación con Lidia Letang?

—Nuestros hijos eran amigos... Sí, supongo que teníamos relación con ella, aunque nuestros trabajos nos absorben, no quedábamos mucho ni nada de eso, solo... solo era la madre de uno de los mejores amigos de Bosco.

—Nos consta que Bosco pasaba bastante tiempo en casa de Lidia —continúa Vega.

Lorenzo asiente lentamente, con la mirada perdida en el ventanal con vistas al jardín. Se le están pasando tantas cosas por la cabeza… Piensa, especialmente, en los momentos que jamás sucedieron porque su mujer y él se pasaban el día fuera de casa trabajando, acudiendo a fiestas, socializando, ya que en sus mundos los contactos siempre han sido muy importantes, y, sin embargo, dejaron de lado lo que de verdad era importante: cenas en familia, el cuento y el beso de antes de dormir, las barbacoas, los juegos, los viajes, las charlas adolescentes… Bosco se crio con las empleadas del hogar. ¿Para qué fueron padres si nunca tenían tiempo para el chico? Cuando ya es demasiado tarde, Lorenzo entiende lo solo que su hijo se debió de sentir. Lo prescindible que creía que era, cuando lo cierto es que, desde que Bosco se fue, a su mujer y a él les ha invadido un dolor con el que es muy difícil seguir viviendo y lo que antes les parecía tan importante, ahora no es nada.

—Bosco estaba más en casa de Lidia que en esta casa, sí… y fue un error —admite—. Permitir que Bosco saliera con Thiago, que pasara tanto tiempo en esa casa… fue un maldito error que mi mujer y yo nunca nos perdonaremos.

Vega y Begoña salen de la casa de los Alcalá Falcó con la sensación de que Bosco no le mintió a Rosa, tal y como Thiago sugirió al decirles que era un fantasioso, que desde niño había necesitado atención psicológica.

Lidia mató a Érica. Bosco dijo la verdad. Lo que no está tan claro, es quién trasladó el cadáver de la chica hasta Boadilla del Monte y la metió en la caseta del jardinero. Seguramente Pancho, puede que con ayuda de un par de hombres. Pero Pancho, el único capaz de sacarlas de dudas, podría estar en cualquier parte, burlando la orden de busca y captura que hay emitida en su contra.

—Hay que sacar al jardinero de la cárcel —dice Vega, obsesionada con el tema—. Es inocente. Siempre fue inocente, no es justo que siga metido en ese infierno.

—Ojalá queden restos en ese trofeo para poder demostrar que lo que dijo Bosco es verdad —desea Begoña.

Antes de separarse para subirse a sus respectivos coches con la intención de conducir hasta Embajadores para hacerle una visita a Santiago Fortes, Begoña recibe una llamada. Extrañada, mira a Vega.

—Es el comisario Levrero.

¿Por qué llama a Begoña? ¿Por qué no la llama a ella?

—Contesta —le pide Vega, ansiosa, cayendo en la cuenta de que todavía no ha hecho la reserva en el restaurante japonés.

—Buenos días, comisario, estoy con la inspectora Martín, acabamos de salir de la casa de los padres de Bosco, estamos en…

Vega no alcanza a oír lo que Levrero le está diciendo a Begoña, que escucha en silencio y su cara empieza a palidecer hasta resultar preocupante. Vega se percata de que la agente está a punto de caerse, y la tiene que sostener para que no se dé de bruces contra el suelo.

Begoña, en shock, es incapaz de decir nada. Después de lo que sea que Levrero le ha dicho, este corta la llamada; la agente, incapaz de reaccionar, deja que Vega coja su móvil.

—Begoña, ¿qué pasa? ¿Qué te ha dicho?

Aturdida, Begoña mira a Vega con una tristeza inmensa reflejada en los ojos.

—No puede ser... —balbucea Begoña, sin que Vega entienda nada. Empieza a ponerse nerviosa por el mutismo de Begoña y su expresión desencajada, porque eso solo puede significar que ha pasado algo muy malo. Algo que la agente no puede asimilar.

—¡¿Pero qué te ha dicho?! —se desespera Vega.

—Vega... —rompe a llorar Begoña, porque sabe que a quien más le va a doler la noticia es a Vega—. Daniel...

—¿Daniel qué? ¡¿Qué?!

A Begoña se le quiebra la voz al decir:

—Está muerto, Vega. Daniel... Daniel está muerto.

CAPÍTULO 25

Roberto
¿Qué serías capaz de hacer por un hijo?

R oberto sabe que Thiago no es un buen chico, pero, teniendo a Lidia como madre, ¿qué se podía esperar? De tal palo tal astilla. No obstante, no es más que una excusa para no sentir que ha fracasado como padre.

Cuando Thiago lo llamó ayer para pedirle que se llevara el trofeo de Lidia, «el que tiene forma de pirámide», especificó, a Roberto le extrañó, pero su hijo le pidió que no hiciera preguntas. No tenía ni idea de que Thiago había estado en el anatómico forense frente al cadáver de su madre, ni que acababa de salir de un interrogatorio en comisaría, con la traición de Bosco incrustada en el alma.

Ese no era el plan.

Thiago respiró aliviado al saber que su padre acababa de llegar a Madrid. Si hubiera seguido en Roma, las cosas se habrían complicado, ya que él no podía volver a la casa de Dehesa a por el maldito trofeo con el que Lidia mató a Érica, algo que Bosco le reveló a Rosa, dejando su testimonio grabado, un testimonio en manos de la policía. ¿Por qué Bosco, puto traidor, le hizo eso? ¿Por qué habló? Después de lo mucho que se había preocupado por él... Desagradecido...

Frío y déspota como acostumbraba a ser, Thiago también le dijo a su padre que ahora que Lidia estaba muerta, podía quedarse en la casa de Dehesa, porque, cuando él regresara, se instalaría en el piso de la calle de Almagro. No había necesidad de vivir juntos y fingir que se soportaban. Además, Thiago prefiere vivir en el centro, donde hay más diversión. El chico no tiene intención alguna de volver a los Estados Unidos ni de seguir estudiando. Piensa que, con la herencia de su madre, va a vivir desahogadamente el resto de sus días. Qué desilusión se va a llevar cuando se entere de que Lidia estaba al borde de la ruina.

—¿Cómo estás, hijo? —preguntó Roberto con preocupación, con ganas de alargar una conversación fría y sin sentido, porque lo cierto es que Thiago no parecía afectado por el asesinato de su madre.

—Tú haz lo que te pido. Haz que ese trofeo desaparezca.

Y Thiago colgó en el momento en que un taxi se detuvo delante de Roberto, que le dio la dirección de Dehesa de la Villa.

Roberto fue a la casa de Dehesa que tanto le había gustado siempre, con la intención de quedarse. La verdad es que el asesinato de Lidia no le había hecho sentir nada. Confusión, tal vez. Por las formas. Pero, con Lidia muerta, todo sería más fácil para Roberto a partir de ahora. Lo primero que hizo al llegar a casa, fue coger el trofeo con forma de pirámide de la vitrina que Lidia no le permitía tocar cuando estaban casados.

—Con lo torpe que eres, seguro que me rompes algún premio —le decía con desprecio.

Dejó la maleta con la que había viajado a Roma en el despacho, la sala más próxima al salón. Encima de la ropa perfectamente doblada y de unos documentos, colocó el trofeo que aún no sabía que había matado a Érica, y fue a la cocina a prepararse un café. Recibió un par de llamadas de trabajo, se entretuvo, olvidando por completo la maleta y el trofeo, y más tarde la policía invadió la casa y el comisario Levrero lo pilló con las manos en la masa.

Sin embargo, lo que más le confundió a Roberto fue lo que le dijo esa inspectora. Que habían estado hablando con su hijo. Que Thiago ya estaba en Madrid. Trató de mantener la compostura para disimular la sorpresa. ¿Cuándo había llegado Thiago a Madrid? No le había dicho nada. Cuando Thiago lo llamó para pedirle lo del trofeo, Roberto dio por sentado que seguía en Yale. La secretaria de Roberto le había comprado un billete en primera clase para la madrugada del sábado. Thiago tenía que llegar a Madrid el domingo por la tarde, así que no era posible que ya estuviera en la ciudad.

214

Y después, la inspectora sacó a relucir el tema de Érica.

Cuánto seguía doliendo.

Érica, su hija, que murió sin saber que él era su padre porque así se lo pidió a Rosa y ella lo comprendió y lo aceptó, criando a la niña completamente sola. Roberto desconoce de dónde sacó las fuerzas para mentirle a la inspectora. Disimular, hacer de tripas corazón, esconder el dolor.

Él, a su manera, quería a Érica. Cada vez que la veía en casa con los chicos, especialmente con Thiago, era incapaz de apartar la mirada de ella. ¿Y qué pensaría Érica de él? «Viejo verde», seguramente, porque, cuando Érica se percataba de que Roberto la estaba mirando, apartaba la cara. Se sentía incómoda.

Su asesinato lo rompió por dentro, por cómo había muerto la hija a la que nunca reconoció y porque no podía compartir su pena, pero fue capaz de seguir adelante gracias a lo ocupado que está siempre con su trabajo. A fin de cuentas, nunca, nadie, relacionó a Érica con él, y apenas mantenía relación con quien conocía la verdad, que solo eran Rosa y, por lo visto, Lidia.

Cuando se separó de Lidia, Roberto buscó la caja con las fotos, esas fotos que le hizo a su hija desde la distancia y que le hacían sentirse más cerca de ella, fruto de un par de escarceos con Rosa cuando Thiago era un bebé. Rozaba la obsesión, pero la intención de Roberto era buena, del todo inocente. Seguir los pasos de su hija, saber qué hacía, dónde iba, averiguar si había algún chico especial o quiénes eran sus amigas fotografiándola desde la distancia, le daba fuerzas para, algún día, acercarse a ella y contarle, con orgullo, que él era su padre. No pudo ser. Pero la caja con las fotos había desaparecido. Está claro que, si años después encontraron esas fotos en la caseta del jardinero de los Silva, donde el cadáver de Érica apareció con la cabeza machacada, alguien las dejó ahí para que Fermín pareciera culpable. Un enfermo. Y algo así solo podía salir de la retorcida mente de Lidia con la ayuda de su esbirro, otro detalle que ha desencajado a Roberto: que Pancho no era un amigo, sino un asesino a sueldo. Ahora tiene la certeza de que fue así, aunque, en el fondo, Roberto siempre supo que su exmujer había tenido algo que ver con la muerte de Érica.

¿Lidia vio las fotos, guardó la caja, y, sin hablarlo nunca con él, llegó a la conclusión de que Érica era su hija? ¿Por eso, y según le ha revelado la inspectora, Lidia mató a Érica? No por miedo a que la chica denunciara a los chicos por intento de violación, sino porque sabía que era su hija y a Lidia le encantaba hacerle daño, aunque fuera dos años después de su divorcio. Con toda esta nueva información iniciada por el testimonio grabado de Bosco, debería odiar a Thiago. Forzó a Érica sin sospechar que eran medio hermanos. El muy cabrón encubrió el asesinato que cometió su madre. Pero la culpa, esa culpa que te avergüenza y que te va destrozando por dentro, se lo impide, porque si Roberto hubiera sido sincero desde

216

el principio, nada de eso habría ocurrido.

¿Y ahora, qué va a hacer con Thiago, que lo ha llamado desesperado en plena madrugada, diciéndole que, efectivamente, lleva unos días en Madrid, en el piso de la calle de Almagro, y que ha matado a un policía?

¿Va a seguir protegiendo al monstruo que tiene como hijo, ahora que sabe que estuvo implicado en la muerte de Érica?

Madrugada del sábado, 14 de septiembre de 2024
1.20 h

Cuando Thiago regresó del breve paseo con el perro, Daniel seguía sentado en el banco que hay frente al número 1 de la calle de Almagro. A Thiago le bastó una mirada para saber que ese tío estaba ahí por él, que olía a policía desde lejos y que no era nada bueno. Intentó meterse en el portal lo más rápido posible, pero el tipo entró detrás de él, y en ese momento Thiago respiró aliviado al pensar que no era poli, sino un vulgar ladrón.

—Ey, tío, no llevo nada —le dijo Thiago.

—Inspector Daniel Haro —se presentó.

—A ver, enséñame la placa.

Daniel se la mostró.

—Ya, vale, pero no son horas, ¿no? O sea, esto no es… no es una visita oficial. Esta tarde he estado hablando con la inspectora Martín y el comisario ese con un apellido raro y no...

—Me parece que están muy perdidos con el caso del asesinato de tu madre, pero a mí hay algo que no me ha encajado. Por eso estoy aquí. ¿Podemos hablar?

El perro empezó a tirar de la correa, desesperado por llegar a casa y beber agua.

—¿Qué es lo que no te ha encajado?

—Tengo entendido que has ido directo del aeropuerto al anatómico forense.

—Ajá.

—Pero no llevabas maleta, Thiago, y se te veía muy descansado, algo que no cuadra después de tantísimas horas de vuelo —sentenció Daniel, firme—. Llevas unos cuantos días en la ciudad. Hasta te dio tiempo de sacar al perro de la casa de Dehesa aprovechando la ausencia de tu madre, y traértelo aquí.

Las sospechas de Daniel paralizaron a Thiago, y todo el mundo sabe que el miedo te hace cometer estupideces.

—Sube, el perro necesita beber agua.

¿Qué querías demostrar, Daniel? ¿Que eres imprescindible? ¿Que Vega te necesita como el aire? ¿Que Levrero, que a esas horas seguía bebiendo en el bar por las fotos que le habías enviado, la había cagado al apartarte del caso? ¿Que sin ti el caso Letang habría quedado archivado, sin descubrir jamás quién le había pegado un tiro, porque a Vega, a Begoña y a Samuel les falta el olfato que tienes tú, y Vega está obnubilada, más centrada en el daño que hizo la presentadora que en su

218

asesinato?

Daniel entró en el piso detrás de Thiago, que, distraído, se agachó frente al perro para desatarle la correa.

—Ve, Marley —lo animó Thiago, dándole una palmadita en el lomo, en vista de que el perro, como si presintiera que algo malo iba a ocurrir, no se movía del sitio y miraba fijamente a Daniel.

Al poco rato, el perro desapareció por el largo pasillo directo a la cocina, donde estaba su cuenco con agua. Daniel aprovechó el momento en el que Thiago se distrajo mirando al perro alejarse, para coger el móvil y empezar a grabar. Rápidamente, se metió el móvil en el bolsillo delantero de la camisa tejana sin que Thiago reparara en el objetivo que sobresalía y le enfocaba directamente. La grabación no tendría validez legal, pero Daniel pretendía conseguir que al chico no le quedara más remedio que confirmar unas suposiciones que, en ese momento, teniéndolo delante, cobraban más fuerza.

—Estaremos más cómodos en el salón —propuso Thiago.

El piso, aunque ostentoso y con unas vistas impresionantes a la Plaza de Alonso Martínez, vacía de coches a esas horas de la madrugada, apenas tiene muebles ni decoración. Es un piso carente de vida.

—A ver, cuál es tu teoría —lo retó Thiago, cruzándose de brazos y esbozando una sonrisa cínica. A Daniel le recorrió un escalofrío. Le dio la sensación de que ese chico no tenía alma, y si había algo ahí dentro, era algo muy oscuro.

—Llegaste a Madrid hace unos cuantos días, concretamente el lunes. Lo he comprobado, y si el equipo que lleva la investigación del asesinato de tu madre hubiera hecho lo mismo que yo, habrían visto tu nombre en la lista de pasajeros que aterrizaron en Madrid el lunes a las 17.40 desde el aeropuerto de La Guardia.

—Ah, el equipo que lleva la investigación del asesinato de mi madre... —murmuró Thiago, repitiendo las palabras de Daniel con sorna—. O sea, que tú no estás dentro del caso.

Daniel ignoró la pullita, que escocía. Continuó como si Thiago no lo hubiera interrumpido:

—Fuiste a la casa de Dehesa, seguramente el miércoles por la mañana, aprovechando la ausencia de tu madre. Te llevaste al perro y todas sus cosas, vinisteis aquí. Y más tarde, por la noche, volviste a Dehesa de la Villa, esperaste a que llegara tu madre y la mataste. Antes, claro, entraste en la casa, no te hizo falta forzar la cerradura, tenías llave. La alarma no estaba conectada.

—A mi madre siempre se le olvidaba activar la alarma...

«Bien, chaval, bien, me gusta que colabores», pensó Daniel, dispuesto a arriesgar, imitando a Begoña en eso de ir de farol, pero midiendo muy bien sus acertadas palabras. Los agentes Begoña y Samuel fueron claves en todo esto sin sospecharlo siquiera, pues, gracias a ellos,

Daniel obtuvo a cuentagotas la poca información sobre el caso Letang que ahora tenía en su poder y que no dudó en utilizar contra Thiago.

—Que la alarma estuviera desactivada te vino muy bien. Por otro lado, sabías que tu madre tenía un arma en la caja fuerte del despacho, conocías la combinación. Sacaste el arma, una belga muy poco habitual. Seguro que, si me meto en tu historial, veo algún vídeo de Youtube donde explican cómo utilizar una Five-SeveN. Después, esperaste a que tu madre llegara en coche. Ella, confiada, bajó la ventanilla del lado del copiloto, posiblemente contenta de verte después de un año estudiando fuera, y... le disparaste a sangre fría.

Thiago tragó saliva, incapaz de enfrentarse a la mirada triunfal de Daniel, que estaba convencido de haber dado en el clavo. Confiaba en que la cámara del móvil hubiera captado la expresión de quien es claramente culpable, aunque no lo confiese de viva voz.

Thiago esperaba que el policía no notara que estaba temblando. Un temblor que lo catapultó al momento en el que, después de disparar a la arpía de su madre que tanto daño le había causado, se convirtió en una sombra sigilosa que salió de su escondite cuando el vecino, tras descubrir el cadáver, regresó al interior de su casa, y él aprovechó para huir calle abajo, fusionándose con la oscuridad de aquella noche negra y sin luna.

—Thiago, acompáñame a comisaría.

—¿A estas horas?

—Sí, a estas horas.

—Ya… vale… espera, voy a buscar mi móvil, lo he dejado en la habitación y…

—Un minuto.

—Sí, sí…

A Daniel le falló la intuición de la que tanto presumía. Thiago llevaba el móvil encima, así que no tenía ninguna necesidad de ir a la habitación, donde tenía guardada la Five-SeveN de la que salió el casquillo que mató a su madre. La misma Five-SeveN que Pancho le había regalado a Lidia por su propia seguridad fue la que, tal y como cree la policía, la mató.

Qué momento. Cuánto disfrutó Thiago al ver el miedo paralizante, la confusión y la tristeza en la expresión de su madre cuando levantó el arma y le apuntó en la cabeza. Por el suicidio de Bosco (porque todavía no sabía que lo había traicionado). Por ocultarle que Érica era hija de Roberto y, por lo tanto, su hermana. Nunca le perdonó que matara a su hermana, aunque él no lo sabía, aunque era culpa suya, por haberla intentado violar. Por el asco que le había hecho sentir de sí mismo. Por los insultos, por los desaires, por el abandono. Por haberlo enviado lejos, como si fuera un estorbo. Siempre fue un estorbo para ella… la peor madre del mundo.

Thiago cogió el arma y, decidido, salió de la habitación de regreso al salón. Cuando se plantó frente a Daniel, no pensó ni titubeó, solo… solo disparó. Dos veces. Con odio, con rabia, porque ¿cómo era posible que ese tipo lo supiera todo? Y con miedo, sobre todo con miedo. Thiago disparó con mucho miedo.

Pese a la experiencia, a Daniel no le dio tiempo a decir nada, y mucho menos a sacar su arma para defenderse. Lo había pillado por sorpresa. Thiago, imperturbable, vio cómo Daniel, antes de desplomarse, se miró el vientre, de donde empezó a brotar sangre, mucha sangre…
Agonizante, tirado en el suelo y antes de cerrar los ojos, Daniel pensó en Vega, en lo mal que lo había hecho todo, en que el tiempo no es infinito, el tiempo se acaba, y así, con el arrepentimiento bailando en su mente, llegó la oscuridad que tantas veces había visto en los ojos sin vida de los otros.

Un rato más tarde

Roberto llegó al piso de la calle de Almagro a las tres de la madrugada. A medida que el ascensor ascendía, los ladridos de un perro se volvieron más cercanos. Era Marley, el perro de Lidia por el que Roberto había preguntado. Thiago lo había encerrado en la cocina.

Roberto no creía lo que su hijo le había dicho por teléfono, que había matado a un policía, hasta que vio el cuerpo sin vida de Daniel en mitad de un salón lleno de sangre y se dio de bruces con la realidad. Una realidad espantosa.

—Pero qué has hecho… qué has hecho, Thiago.

—Ayúdame. Tienes que ayudarme.

No era una súplica desesperada. Era una exigencia, una orden que Roberto, sumiso, tenía la obligación de cumplir.

A Roberto no le costó encajar las piezas.

—Fuiste tú. Tú mataste a tu madre, este hombre lo sabía y...

—Sí —reconoció Thiago, levantando la barbilla con orgullo—. ¿Y has visto lo que dicen? Que a quien mató a Lidia tendrían que hacerle un monumento. O sea, que si sale a la luz, me harán un monumento —rio, y Roberto lo miró como si fuera un desconocido. Un extraño loco que le daba miedo.

—¡Era tu madre! Una madre, por muy cabrona que sea, es una madre, joder, y eso es sagrado.

—Si no vas a ayudarme con esto, puedes irte —lo despreció Thiago, que no había sido capaz de mirar durante mucho rato el cadáver de Daniel y mucho menos acercarse.

—¿Crees que soy como tu madre? ¿Que tengo un asesino a sueldo siempre a mi disposición, que si ahora lo llamo va a deshacerse del cadáver, te vas a librar de lo que has hecho, y aquí no ha pasado nada?

—¿Por qué no me dijiste que Érica era tu hija? —cambió de tema Thiago, y no porque el asunto le doliera, no, a él ya no podía dolerle nada, sino porque sabía que su padre se ablandaría. No iba a mencionar a la chacha ni a decirle cómo fue capaz de acostarse con ella. En el recuerdo de Thiago, Rosa no era gran cosa. Siempre la vio como si fuera una mujer muy mayor, pese a tener la misma edad que sus padres, que tartamudeaba cuando se ponía nerviosa y no sabía expresarse bien.

—Érica nunca lo supo.

—Ya. Érica no quería venir a casa si estabas tú, ¿lo sabías? Decía que la mirabas raro. Cuando mi madre me dijo que era tu hija... por lo de las fotos que tenía guardadas y que le vinieron de perlas para culpar a ese jardinero, imagínate, yo me quedé a cuadros. Le pregunté de dónde había sacado esas fotos, por qué las tenía. Y me dijo, además de que cuando las encontró supo que algún día le servirían de algo, que eran tuyas, que te las dejaste en casa cuando os divorciasteis y que las habías hecho tú porque Érica era tu hija. —Thiago sacudió la cabeza, como si se estuviera acordando de algo—. Entendí por qué te la quedabas mirando embobado. No era porque te molara ni nada de eso, la mirabas así porque era tu hija... me voló la cabeza.

—Lo que le pasó... sé lo que Juan y tú intentasteis hacerle a mi... a Érica. —La conversación que estaban manteniendo sin sospechar que había un móvil que los estaba grabando, era difícil, a Roberto apenas le salían las palabras. Era incómodo y surrealista hablar con un hombre muerto a unos pocos metros de distancia—. Sé que Lidia llegó y golpeó a Érica con el trofeo con forma de pirámide del que tenía que deshacerme como me pediste, pero me pillaron y se lo llevaron para analizarlo.

Thiago, impaciente, resopló.

«No vales para nada», pensó, y esos pensamientos se reflejaron en el desprecio con el que miró a su padre.

—Y después… —continuó Roberto, cada vez más angustiado—… Lidia llamó a ese tal Pancho, que resulta que es un sicario, y trasladó el cuerpo de Érica a la caseta del jardinero de los Silva. Las fotos… las fotos que yo le hice a mi hija con la intención sana de saber cómo era su vida, las utilizasteis para culpar a ese pobre hombre. Nunca he creído que existiera gente tan mala en el mundo, gente tan retorcida, sin corazón ni escrúpulos, Thiago, y ahora… tu madre, tú… sois monstruos —musitó Roberto entre lágrimas—. Monstruos…

—Pero soy tu hijo. Y un hijo, por muy cabrón que sea, es un hijo, y eso es sagrado.

—¿Me estás tomando el pelo repitiendo mis propias palabras? ¿Qué quieres que haga?

—Di que has sido tú. Quédate con el perro, llama dentro de unas horas a la policía y di que has sido tú. Que tú mataste a mi madre, ahora a este poli porque te descubrió…

—Thiago, no se lo van a creer. Yo estaba en Roma cuando… Espera, entonces, ¿cuándo llegaste?

—El lunes. Ese tío lo sabía, lo sabía todo, hasta cuándo me llevé al perro —soltó Thiago, señalando a Daniel—. Porque no llevé una puta maleta al anatómico forense, joder, no caí.

—¿Lo sabe alguien más? —Thiago se encogió de

hombros—. ¿Y adónde vas a ir? ¿Tienes dinero?

—Más del que me voy a gastar en toda mi puta vida —volvió a reír Thiago.

—Tu madre no tenía tanto dinero. No sé si lo sabes, pero iba a poner todas las propiedades a la venta para tener algo de efectivo y poder seguir pagando tu universidad. Yo puedo mantenerlas, venderé la casa de Marbella e intentaré conservar este piso para ti, si es lo que quieres, pero...

—Que me voy. Aún no sé dónde, pero ya veré. Te olvidas de que tengo dinero propio. No mucho, pero me servirá durante un tiempo.

—Y te da igual lo que me pase si me declaro culpable —se acabó de hundir Roberto.

—Me da igual. Nunca has estado para mí. Nunca.

—Lo intenté. Tu madre...

—Deja de echarle las culpas por todo. Ella sabía qué hacer en situaciones así, y tú... mírate, das pena. Parece que te vayas a cagar encima. Siempre has sido un blando, un cobarde, un puto títere sin personalidad. Si desde el principio hubieras tenido los cojones de reconocer a Érica como tu hija, si yo hubiera sabido que era mi hermana, ella seguiría viva. Bosco seguiría vivo. Y nada de esto habría pasado.

—¿Crees que no lo he pensado? Muchas veces... muchas. Pero nadie puede volver atrás en el tiempo, así que... —Roberto inspiró hondo y se secó las lágrimas que resbalaban sin control por sus mejillas. Volvió a dirigir la mirada al cadáver de Daniel, un daño colateral de la maldad de Thiago—. ¿Cómo se llamaba?

—Daniel Haro. Eso me ha dicho —contestó el chico sin darle importancia.

A Roberto no le sonó de nada ese nombre.

—Tú... eres lo único que me queda, Thiago —concluyó Roberto, abatido—. Vete. Vete, diré que he sido yo y que pase lo que tenga que pasar.

CAPÍTULO 26

En el piso de la calle de Almagro
Ahora

Cuando Vega, consternada y sin poder parar de llorar, entra en el piso de la calle de Almagro donde ha aparecido el cadáver de Daniel, ni siquiera ha reparado en Levrero, que, ojeroso y con mala cara, la estaba esperando en la puerta. No ha podido ni mirarla a la cara, la resaca y el fatal sentimiento de traición aún le duran. Begoña, detrás de Vega y tan obnubilada como ella, tampoco se percata de que el piso está lleno de compañeros ni de que están a punto de llevarse a Roberto a comisaría.

—No es real —sisea Vega, frente al cuerpo sin vida del que ha sido su compañero durante tantos años—. Begoña, dime que no es real.

Levrero, sombrío, se acerca a ellas.

—Este piso estaba a nombre de Letang. Ha aparecido el arma, la Five-SeveN que Letang tenía en la caja fuerte.

Roberto dice que entró en la casa de Dehesa, la robó y mató a su exmujer. Que esta madrugada Daniel ha aparecido por aquí, entró en el piso... Que lo sabía todo... que tuvo miedo y le disparó. Roberto se ha declarado culpable.

Vega aparta la mirada del cuerpo sin vida de Daniel para fijarla en Levrero.

¿Por qué Daniel se metió en el caso Letang?

¿Qué descubrió?

¿Qué se le ha pasado a ella por alto?

Ha estado tan centrada en la maldad de Letang, en los crímenes que ella cometió, que se olvidó de la persona que la hizo desaparecer de este mundo de un plumazo y Daniel ha pagado las consecuencias. Era bueno, perspicaz, tenía olfato, buena intuición... Daniel era muy bueno, el mejor pese a sus chivatazos a la prensa, y ahora, por su culpa, porque seguramente Levrero no lo dejó entrar en el caso Letang por ella, está muerto. Recuerda a Daniel siguiendo a Thiago después de que Levrero y ella lo retuvieran en comisaría hasta que recibieron la llamada del juez ordenándoles que dejaran en paz al chico.

¿Qué fue lo que a Daniel no le encajó de Thiago para que fuera detrás de él? ¿Qué vio Daniel?

Vega se transporta a otro mundo, a uno en el que Daniel sigue vivo y opina que...:

—El chico acababa de aterrizar en Madrid. Dijo que vino directo del aeropuerto al anatómico forense, me enteré por Begoña. Pero estaba fresco como una rosa, y nadie está tan fresco después de... ¿Cuántas horas hay de Nueva York a Madrid? Unas siete horas si pillas un vuelo directo. Y ya no hablemos de que acaban de matar a tu madre y el chaval no parecía afectado. Pero lo que más me extrañó fue que no había maleta. Piensa, Vega, piensa. ¿Dónde estaba la maleta de Thiago? Tú me enseñaste a observar, a ser meticuloso, a fijarme en los detalles, por muy ridículos que fueran, como, por ejemplo, unos pantalones de pinza sin una sola arruga después de cuatro horas conduciendo, aunque, en el caso de Patones de Arriba, eso no significó nada. Pero en este caso sí. Porque, si Thiago venía directo del aeropuerto, lo normal hubiera sido que llevara una maleta, y no había ningún taxi esperándolo fuera.

—Es verdad. La maleta. No llevaba maleta —cae en la cuenta Vega, y lo dice en voz alta, como si le hablara a Daniel, aunque en realidad le ha hablado al vacío, y Levrero y Begoña se dirigen una mirada extraña, cargada de preocupación.

A continuación, como si acabara de despertar de un mal sueño y al fin fuera capaz de ubicarse, Vega se separa un poco de Begoña y Levrero, mira a su alrededor, recorre el piso, se planta en el largo pasillo, y ve a un agente esposando a Roberto. Corre hacia ellos, aparta al agente, y, sin que nadie lo vea venir, Vega empuja a Roberto con violencia, lo aplasta contra la pared, aprisiona el cuello del hombre con una mano que parece mucho más grande de lo que en realidad es, y lo apunta en la sien con su arma reglamentaria.

—¡Vega! —grita Levrero.

Pero Vega, que se ha convertido en el centro de atención de todos los presentes, no escucha a Levrero. Enloquecida y con los ojos rojos, carga toda la ira que tiene dentro contra un acobardado Roberto, mientras Levrero pide a los agentes que, de momento, no intervengan. Solo espera que a Vega no se le vaya la mano, que no apriete el gatillo, que no eche su vida a perder por la sed de venganza que parece estar dominándola... Todos somos asesinos. Solo hace falta un mal día y tener un buen motivo para que el asesino que anida en nuestro interior emerja, salte la chispa, y muestre lo peor de nosotros.

—¡Vega, suéltalo! —le pide Begoña, con la esperanza de que la inspectora, siempre tan centrada, tranquila y resolutiva, vuelva en sí.

—Di la verdad, Roberto —empieza a decir Vega entre dientes, a escasos centímetros del rostro fantasmal de Roberto—. Tú no mataste a Lidia, estabas en Roma. Tampoco has matado a Daniel.

Por si sirve para detener la locura de la inspectora, un compañero informa que Roberto ha dado negativo en la prueba de parafina que no han esperado en realizarle para que el resultado sea lo más fiable posible. Ni siquiera encontrarán las huellas de Roberto en el arma belga, jamás la ha tenido entre las manos. Él no ha disparado a Daniel.

—¡¿A quién estás protegiendo?! —añade Vega, a gritos—. ¿A tu hijo? Ha sido Thiago, ¿verdad? ¡Dilo,

Roberto, dilo! ¡Ha sido Thiago!

El hombre, derrotado, agotado y triste, empieza a llorar. Vega, para tranquilidad de todos, libera a Roberto, afloja la mano que le aprisionaba la garganta y baja el arma.

—¿Dónde está Thiago? —le pregunta Vega, en el mismo tono amenazante que antes. En vista de que Roberto no contesta, repite—: ¡¿Dónde está?!

—No lo sé… No lo sé…

Roberto sigue lloriqueando como un crío.

—¡Lleváoslo a comisaría! —exige Vega, y el agente al que ha apartado hace escasos minutos, vuelve a dirigir los pasos de Roberto en dirección a la salida.

Levrero se acerca a Vega. Parece decepcionado. Triste, cansado… Ella da por sentado que le va a caer una buena bronca por lo que acaba de hacer, que se ha ganado una mancha en su intachable expediente y puede que tenga que darle explicaciones a Asuntos Internos, pero nada de eso ocurre, no todavía. Levrero le tiende un móvil metido en una bolsa de pruebas. Es el móvil de Daniel.

—Lo tenía en el bolsillo delantero de la camisa tejana. No tiene batería —le informa Levrero. Vega, en un arrebato irreconocible en ella, le quita la bolsa y sale corriendo de este piso en el que siente que se va a ahogar—. Vega, espera, ¿adónde vas? ¡No puedes llevarte el móvil, es una prueba! ¡Vega!

Vega no hace caso. Cruza el cordón policial y, como si huyera de alguien, corre escaleras abajo hasta salir a la calle. El buen tiempo que hace le parece una broma pesada, porque en su interior se ha desatado una tormenta. Se sube al coche, con la intención de encerrarse en su piso y ver el contenido del móvil de Daniel.

—¿Qué me voy a encontrar en el móvil, Daniel?

—La resolución del caso Letang. Todo lo que encontré.

—La maleta, joder, la maleta… un detalle tan tonto y no caí. Si lo hubiera tenido en cuenta, habría sabido que Thiago no llegó ayer a Madrid, sino que llevaba algunos días en la ciudad. ¿Cuántos días? Al menos un par de días antes de que matara a su madre… —sopesa—. Regresó de los Estados Unidos con la intención de matarla, lo tenía todo planeado, no fue un impulso. ¿Pero por qué? ¿Quizá porque Letang asesinó a Érica y fue el motivo por el que Bosco se suicidó? Recuerdo su reacción cuando escuchó la grabación que Bosco le dejó a Rosa… La expresión dolida de su cara… Sí, a Thiago le dolió que Bosco lo traicionara, que revelara la verdad para luego…

El Daniel que Vega imagina se encoge de hombros.

—Solo di sí o no. ¿Grabaste el momento en el que Thiago te disparó?

—Eso creo.

—¿Cómo puedo desbloquear tu móvil? ¿Cuál es el PIN?

Ahora, el Daniel que Vega sigue imaginando sentado en el asiento del copiloto como era habitual cuando trabajaban juntos, sonríe con añoranza.

—Siempre fuiste tú, Vega.

Vega también sonríe. Sonríe y llora. Puede que el asesinato de Daniel la haya vuelto un poco loca, a ella, racional donde las haya, que no cree en fantasmas ni en voces del más allá, que se está dejando llevar por una imaginación que no suele ser tan desbordante como en este mismo instante.

—¿Mi cumpleaños? ¿La fecha en la que nos conocimos? ¿Nuestro primer caso juntos? Esas dos fechas son más difíciles de recordar, pero podría conseguirlas...

—Ya sabes que nunca me ha gustado complicarme la vida.

—Bueno... por complicártela, por no acatar órdenes, por ir de listo... ahora estás muerto. Joder, Daniel... joder...

Vega frena en un semáforo en rojo y mira con el rabillo del ojo el asiento del acompañante. Está vacío, ha estado vacío desde que se ha subido al coche. Daniel no está. No va a volver a estar. Y esa triste constatación provoca que Vega vuelva a echarse a llorar, y es que es tanto el dolor que siente y que le aplasta el pecho, que respirar se ha vuelto insoportable.

—¿Por qué me besaste anoche? Como si presintieras que llegaba el final, como si te estuvieras despidiendo... Perdóname, Daniel. Te traté fatal.

No, Vega, si Daniel estuviera aquí, te diría que no te fustigues por eso. Que demasiado lo protegiste. El beso de anoche no fue algo tan bonito ni inocente... No fue una despedida. Daniel no te besó por el presagio de que el final estaba a la vuelta de la esquina. Las intenciones de Daniel con ese beso forzado nunca fueron nobles, es algo que, de momento, solo sabe Levrero.

Lo primero que Vega hace al llegar a casa, ignorando las llamadas de Levrero, de Begoña y de Samuel, es cargar el móvil de Daniel. El minuto que transcurre hasta que el móvil cobra vida se le hace eterno. Le pide el PIN. Vega escribe su propia fecha de cumpleaños.

«Siempre fuiste tú, Vega».

Seguidamente, la tarjeta SIM se desbloquea con el mismo código.

Sorprendentemente, desbloquea el móvil, lo que le hace pensar que, quizá, la visión que ha tenido de Daniel ha sido real. Pero no tiene tiempo de pensar en el más allá y sí mucho que hacer aquí. Después de tantos años juntos, es posible que Vega viera el PIN que Daniel utilizaba para desbloquear el móvil, o incluso que se lo dijera y tuviera el código retenido en algún lugar de la memoria que ha aflorado conduciendo, mientras mantenía una conversación imaginaria.

Abre la aplicación de WhatsApp. A Vega le confunde ver que el último wasap que Daniel envió fue dirigido a Levrero. Hay tres fotos adjuntas. Tres fotos que inmortalizaron el beso forzado de anoche. No fue una despedida. No fue un gesto bonito ni un impulso inesperado por la conexión que tuvieron en el pasado. No fue debido a la intuición de que el final estaba cerca y de que hay que vivir el presente. Fue una venganza, quizá porque Levrero lo apartó del caso Letang, o a saber qué más pasó entre ellos. Por eso Levrero no contestó a sus llamadas. Por eso dejó en visto sus wasaps. Porque Daniel le hizo creer que era un beso deseado, y así lo parece por la perspectiva de las fotos.

> Se lo dije, comisario.
> Vega siempre me acaba perdonando.

—Siempre me acaba perdonando… —repite Vega—. ¿Cuándo le dijiste algo así? ¿Por qué? Joder. Fuiste un cabrón hasta el final, Daniel.

La pena se convierte en otra cosa, en decepción, en enfado.

¿Es que acaso Daniel no quería verla feliz? ¿Pero no le iba tan bien con la abogada?

—Puto egoísta… —blasfema, mientras cambia la configuración de la contraseña del móvil de Daniel por un sencillo 1234 para que sus compañeros puedan acceder al contenido.

Abre la galería de fotos. Además de las tres fotos del beso que alguien debió de hacer desde la distancia, hay un vídeo larguísimo, tanto, que al móvil se le agotó la batería y se apagó. Milagrosamente, y porque el móvil de Daniel es el último grito en tecnología, el vídeo quedó guardado. Desde el bolsillo delantero de la camisa tejana de Daniel donde dicen que encontraron el móvil, el objetivo graba al frente, donde se encuentra Thiago, distraído, mirando a un perro que se aleja a paso rápido por el pasillo. Vega cae en la cuenta de que se trata del perro por el que preguntó Roberto. Thiago le propuso a Daniel ir al salón, donde le dijo que estarían más cómodos. Una vez ahí, Thiago, con los brazos cruzados, le dijo:

—A ver, cuál es tu teoría.

Vega empieza a tomar apuntes para comprobar que lo que dijo Daniel es cierto: Thiago llegó a Madrid el lunes a las 17.40. Según Daniel, Thiago fue quien mató a Letang. A su propia madre. La reacción del chico cuando Daniel acabó de hablar fue… Vega congela la imagen, hace zoom a la expresión del chico. Está pasmado. Paralizado. Parece estar haciendo un esfuerzo por ocultar el miedo que lo atenaza al haber sido descubierto por Daniel. Un miedo que lo empujó a la única solución que debió de ver factible en ese momento: deshacerse de él.

Tras un breve silencio, la determinación de Daniel:

—Thiago, acompáñame a comisaría.

—¿A estas horas?

—Sí, a estas horas.

—Ya… vale… espera, voy a buscar mi móvil, lo he dejado en la habitación y…

—Un minuto.

—Sí, sí…

El móvil sigue grabando el vacío que Thiago dejó al salir del salón.

Vega se lleva las manos a la cabeza, como si, de

alguna manera, pudiera evitar lo que sabe que va a pasar a continuación.

—¿Cómo no lo viste, Daniel? Tendrías que haberte ido. No haberlo presionado, pedir refuerzos... hablar conmigo, joder, tendrías que haber hablado conmigo...

Thiago regresó al salón, con el arma oculta detrás de la espalda. No hubo más palabras. A Daniel no le dio tiempo a reaccionar. El objetivo de la cámara del móvil enfocó a Thiago dejando al descubierto la Five-SeveN, la misma arma con la que mató a su madre, apuntó contra Daniel y le disparó dos veces.

La imagen se vuelve borrosa un instante, se tambalea, parece que el móvil estuvo a punto de caer, puede que porque Daniel miró hacia abajo, hacia la sangre que empezó a manar de su vientre. Seguidamente, un golpe: Daniel cayendo de espaldas al suelo. La grabación no se detiene, ahora el objetivo del móvil enfoca al techo. De fondo, se oye a un perro ladrar. Vega, con el corazón desbocado, se enfrenta a los últimos instantes de Daniel: escucha su respiración irregular entremezclada con los gemidos agónicos antes de que el corazón se le parara.

Vega se lleva la mano a la boca y llora, llora, llora. La angustia que siente es insoportable.

—Puto crío de mierda —masculla, porque, de entre todos los peligros a los que se enfrentan a diario, lo que menos esperas es que un chaval de veinte años procedente de una familia que le ha dado todas las comodidades, sea quien acabe con tu vida.

A lo lejos, se oye a Thiago hablar con alguien, pero Vega es incapaz de entender qué dice. Avanza la grabación, la detiene cuando Roberto irrumpió en el piso. El objetivo de la cámara del móvil no le graba la cara, sigue enfocando hacia el techo y así seguirá hasta el final, pero Vega reconoce la voz de Roberto y lo escucha con claridad:

—Pero qué has hecho… qué has hecho, Thiago.

—Ayúdame. Tienes que ayudarme.

Thiago le pidió a su padre que se declarara culpable, que le diera tiempo para largarse y que, después, llamara a la policía. En la conversación entre padre e hijo hay varios silencios que podrían haberse cortado con un cuchillo. Pero, además, ahora Vega sabe que Érica era hija de Roberto, fruto de una aventura con Rosa. Imaginar a Roberto y a Rosa juntos le choca, pero es algo que pasó hace muchos años y quién es ella para juzgar. Las fotos… las fotos que encontraron en la caseta del jardinero de los Silva eran de Roberto, las encontró Letang y las utilizó para culpar a un inocente por el asesinato de Érica. Bosco dijo la verdad. Aquí tiene la prueba, y todo gracias a Daniel. Y además, conoce los motivos que llevaron a Thiago a asesinar a su madre, o eso cree. Thiago odiaba a su madre. Por el asesinato de su media hermana, aunque Vega cree que no es más que una excusa y lo que más desequilibró al chico fue el suicidio de Bosco por lo que sucedió aquella noche, una noche clave en el infierno que se ha desatado estos últimos días hasta acabar con la muerte de Daniel.

La batería se agotó y la grabación llega a su fin, poco después de que un portazo retumbara en el piso.

—Lo tenemos, Daniel.

—De algo tenía que servir mi muerte.

—Te voy a echar de menos.

—No lo creo. No me he portado bien contigo.

—Recordaré los buenos momentos. Dejaré los malos atrás...

—Te he metido en líos...

—Lo solucionaré.

Vega levanta la vista del suelo y se enfrenta a Levrero, que, por cómo la mira, debe de llevar un buen rato en el quicio de la puerta. ¿Cuándo ha entrado?

—¿Con quién hablabas? —pregunta Levrero, serio, sin moverse del sitio.

Vega, a quien la tensión de las últimas horas le está pasando factura, se frota la cara y, seguidamente, desconecta el móvil del cargador.

—Ten. El código para desbloquearlo es 1234. —Levrero coge el móvil de Daniel—. Está todo en el móvil, Daniel lo grabó. Parece que ni Thiago ni Roberto se dieron cuenta de que el móvil estaba grabando. Thiago mató a su madre y ha matado a Daniel. Se ve cómo lo apunta y dispara dos veces. Y luego llega la conversación entre padre e hijo... Resulta que Érica era hija de Roberto. Medio hermana de Thiago, que la intentó violar... Los secretos nos destrozan tanto como los silencios, Nacho.

Las fotos que Daniel te mandó… No te voy a decir que no es lo que parece, esa frase está muy trillada, pero te juro que no duró ni un segundo. Ni uno solo… Daniel me forzó, se abalanzó contra mí y yo enseguida lo empujé y lo aparté, pero debió de pagarle a alguien para que fotografiara el instante y…

—Me destrozó. Pero te creo, Vega. Ahora te creo. Daniel y yo… bueno, tuvimos nuestros más y nuestros menos. Sin embargo, lo que has hecho… no he podido… Ha llegado a oídos del juez. Estás suspendida de empleo y sueldo durante dos meses, la falta ha sido grave. Espero que Roberto no te denuncie, no creo que lo haga, pero si lo hace…

—Lo entiendo. Me da igual.

—Vega…

—Encontrad a Thiago. Encontradlo y que pague por lo que ha hecho.

—Están en ello. No ha sido muy avispado. Alquiló un coche a su nombre, presentando su carnet de conducir y pagando con su propia tarjeta de crédito. El localizador del coche lo sitúa en Valencia de Alcántara, un pueblo de la provincia de Cáceres próximo a la frontera con Portugal, donde supongo que tenía pensado esconderse. Hemos dado aviso a la Guardia Civil de la zona, en unas horas lo tendremos aquí.

—Me centré tanto en todo lo malo que había hecho Letang, que me olvidé de encontrar a la persona que la había matado. No lo he hecho bien, Nacho. No he llevado

242

bien el caso. No me fijé en los detalles… en la maleta que cualquiera llevaría si viene directo del aeropuerto desde tan lejos.

—Yo tampoco me fijé, Vega…

—Daniel sí reparó en ese detalle. Siguió a Thiago, supongo que hasta el piso donde encontró la muerte, y el resto es historia. Está todo en el vídeo. Necesitábamos a Daniel. Tú lo apartaste del caso y ahora…

—¿Me estás culpando, Vega? Daniel era bueno, pero era corrupto. Acéptalo. Era un chivato, ya no tienes que negarlo ni protegerlo, precisamente tú, que mandaste a Gallardo y a todos esos altos cargos a la cárcel por sus chanchullos. Mira, yo… no quise meterme, no pregunté, pero vuestra relación profesional no pasaba por un buen momento. No os podíais ni mirar a la cara, no podíais trabajar juntos. Y yo no podía arriesgarme a meterlo en el caso Letang y que filtrara información a la prensa.

—Ya. No te estaba culpando. La culpa la tengo yo. Solo yo —opina Vega, derrotada—. Pero voy a tener dos meses libres para pensar, descansar… ya va siendo hora de parar un poco, Nacho. Lo necesito.

—Tengo que irme, pero ¿cenamos juntos?

—Hoy prefiero estar sola.

—Te quiero, Vega.

Vega asiente, desviando la mirada hacia la pared al decir:

—Me habría gustado enterarme por ti de quién era tu mujer, Nacho. De quién eres tú en realidad. Estaba esperando a que estuvieras preparado o confiaras más en mí para que me hablaras de Ingrid, *El ángel de la muerte*. Entender por qué, al principio de lo nuestro, me dijiste que tú y yo teníamos mucho en común. No existen muchas parejas que, con anterioridad, estuvieran casadas con asesinos en serie.

—Supongo que te lo dijo Daniel. —Levrero, avergonzado, baja la mirada—. Te lo iba a contar todo, Vega. Precisamente ayer, me sentí con fuerzas para hablarte por fin de mi pasado, de dónde vengo, quién soy realmente… hasta que Daniel me envió esas tres fotos y me sentí… —Levrero tensa la mandíbula, inspira hondo antes de añadir—: Regresaron las inseguridades. Me encerré en un bar, bebí y perdí la noción del tiempo.

—Los secretos nos destrozan tanto como los silencios —repite Vega, pensativa—. No más secretos entre nosotros, Nacho. No más silencios. Solo traen problemas, caos, confusión… en una relación es importante tener espacio, pero yo solo… solo quiero que confíes en mí para lo bueno y para lo malo y conocerte. Conocerte de verdad.

Levrero se acerca a Vega (ya era hora), se acuclilla frente a ella, le seca las lágrimas y le da un beso en los labios.

—Yo también te quiero y me importas mucho —le susurra Vega—. Y ahora, vete. Pillad al cabrón de Thiago. Saca al jardinero de la cárcel y mete presión para que encuentren a Pancho y lo extraditen.

244

—¿Algo más? —pregunta Levrero con sorna.

—Sí. Ven a vivir conmigo.

CAPÍTULO 27
No habrá paz para los malvados

Un día antes, en México
Tarde del viernes, 13 de septiembre de 2024

Perdido en su propio país. Así se sintió Pancho al aterrizar en México bajo la identidad de un difunto, sin saber muy bien qué hacer o adónde dirigirse. No le quedaba nadie, los pocos que conocía lo querían ver muerto por todo el dinero que les robó, y, contra ellos, *su* Señora de Guadalupe no podría salvarlo.

Llevaba bastante dinero en efectivo, suficiente para seis meses, puede que un año si se administraba bien, aun teniendo que vivir en las condiciones precarias que tan atrás habían quedado en el tiempo. Pancho tenía la esperanza de que, cuando el dinero se acabara, la pesadilla se volatilizara como había hecho él de España, y pudiera echar mano de sus cuentas en Suiza y Panamá.

Pancho no era idiota. Sabía que la policía española no habría tardado en relacionarlo con Letang. Y todo por culpa del mensaje que le mandó durante la madrugada en la que cumplió con su último encargo sin saber que ella estaba muerta. Además, la relación que tenían no era meramente profesional. Todo les iba tan bien que no tuvieron la precaución que hay que tener en estos casos... escaso contacto y móviles desechables a los que Letang siempre se negó porque, total, ¿cómo iban a relacionarla a ella, una cara conocida, con asuntos tan turbios? Cosas que pasan cuando te confías y te crees el ombligo del mundo. Además, Pancho sabía que la presentadora guardaba sus mensajes y el registro de llamadas por si algún día pasaba algo. Lo guardaba todo, todo lo que podía ir en contra de Pancho, por si se le ocurría traicionarla.

«Maldita perra».

Jamás confió cien por cien en él pese al arma que, de buena fe, le regaló para que se sintiera más segura después de acabar con la vida de la jueza Verlasco.

Pancho caminaba por la concurrida República de Uruguay, en pleno centro histórico de la ciudad de México, a seis minutos a pie de la Catedral Metropolitana de la Asunción de la Santísima Virgen María de los Cielos, donde se había refugiado unos minutos para hallar un poco de paz. Y de perdón, si acaso era posible.

Con antojo de unas esponjosas conchas que en ningún lugar del mundo le sabían como en su añorado México,

Pancho se detuvo en una pastelería que quedaba frente a la pensión donde tenía pensado alojarse un par de días. Nunca más de dos días en un mismo lugar. Así sería su vida por ahora.

Pero el mundo es un pañuelo y el destino, a menudo con unos planes distintos a los tuyos, muy traicionero.

A pesar de los años transcurridos, tendría que haber reconocido a Rosita tras el mostrador de la pensión, pero la manía de Pancho de bajar la mirada al suelo para pasar desapercibido y ser lo menos reconocible posible, le jugó una mala pasada. Rosita, a quien Pancho conoció de niña, era sobrina de Vicente Guzmán. Guzmán era un peligroso y resentido narco para quien Pancho trabajó hace años. La traición que cometió Pancho fue muy sonada, dejando en ridículo a Guzmán en un mundo oscuro en el que el hurto se paga muy caro. Cuando entras, es imposible salir, y Pancho salió de la peor de las maneras: le robó a Guzmán más de diez millones de pesos, unos quinientos mil euros, días antes de huir a Madrid para empezar una nueva vida que consistiría en matar por encargo. Para nadar en billetes de quinientos, hay que dejar a un lado los escrúpulos.

En cuanto Pancho subió a la humilde habitación deseando comerse las conchas, fumarse un cigarrillo, tumbarse en la cama y dormir un día entero, Rosita, desde recepción, realizó una llamada.

Guzmán y un par de hombres, todos armados, no tardaron ni cuarenta minutos en aparecer. Rosita, discreta, los acompañó hasta la habitación que le había dado a Pancho y les abrió la puerta.

Pancho, que había tenido que viajar a México sin armas, dormía plácidamente, como si ninguna preocupación le pesara en el alma. Ni siquiera las cucarachas que correteaban libremente por la habitación, habían conseguido quitarle el sueño. A él, que prefería matar de madrugada para pillar a sus víctimas dormidas y que así no se dieran cuenta de que habían dejado de pertenecerle a la vida, los dos hombres de Guzmán lo arrancaron del sueño súbitamente y con una violencia desmedida. Pancho abrió los ojos de golpe, y, al enfrentarse al diablo de Guzmán, entró en pánico. Empezó a sudar. Le entraron arcadas. Qué desperdicio, con lo a gusto que se había comido las conchas. Los latidos de su corazón se volvieron tan frenéticos, que Pancho estuvo a punto de desmayarse debido al impacto.

—Guzmán... Patrón... puedo... —empezó a balbucear Pancho—. Le devolveré la lana, hasta el último peso. He... he ganado mucha lana en España, patrón... Se... se lo devolveré todo, todo... Pero no me mate, no me mate, por favor se lo pido...

Pancho Pancho... quién te ha visto y quién te ve. Mírate, suplicando por la vida, esa que no valorabas cuando eras tú quien tenía el poder. Tú, precisamente tú, que tantas vidas has arrebatado, ahora suplicas por la tuya. Qué patético.

—Qué bello encuentro, Panchito —rio Guzmán,

haciéndole un gesto a uno de sus hombres, que no tardó ni un segundo en estampar a Pancho contra la pared para propinarle un puñetazo que le partió la nariz.

—¡Ahhhhhhhh! —aulló Pancho, intentando rebelarse contra esos dos tipos que eran como armarios y que lo aprisionaban cada vez con más fuerza. Fue incapaz de moverse ni un poquito.

—No quiero su lana, descreído. No quiero nada de usted. Solo quiero verle muerto, ¿entendió? He venido para enviarlo al infierno del que jamás debió salir —sentenció Guzmán.

El narco, con una calma que helaba la sangre, sacó el arma y apuntó a Pancho, consciente de que, aunque continuara respirando, ya estaba muerto.

Guzmán le disparó en una rodilla, seguidamente en la otra. Qué puntería. A continuación, el narco se tomó un descanso. Su silencio no hacía presagiar nada bueno. Miraba a Pancho con aversión, con un odio visceral, imaginando todo lo que le haría a ese bastardo. Le cortaría los dedos. Uno a uno. Le arrancaría la cabellera de cuajo. Le seccionaría la verga. Sádico, dejaría que se desangrara poco a poco, el dolor sería inhumano. Todavía con un hilo de vida pero ya sin esperanza, le extraería los ojos de las cuencas. Lo haría sufrir. Disfrutaría del tormento de Pancho, de su agonía física…, hasta verlo perder el conocimiento. Y todo porque a Pancho se le ocurrió romper las reglas, miserable Judas, provocando que, durante un tiempo, Guzmán fuera el hazmerreír y nadie lo tomara en serio. Guzmán nunca ha sido de los que olvida ni perdona por mucho tiempo que pase. El odio es su fiel compañero, lo persigue como una sombra allá donde va. Sin embargo, le prometió a su sobrina que no ensuciarían mucho, y, por otro lado, no soportaba más los gritos de Pancho parecidos a los de un cerdo en plena matanza.

Qué escandaloso.

A Guzmán se le agotó la paciencia.

No vería cumplidas sus fantasías de cortar a cachitos a Pancho hasta que él mismo suplicara el final de una tortura que en la mente del narco parecía muy real. Así que, mientras sus dos esbirros sujetaban a Pancho contra la pared para que no cayera de bruces al suelo después de que los dos disparos en las rodillas le impidieran mantenerse en pie por sí solo, Guzmán dirigió el cañón de la pistola a la frente y le voló la tapa de los sesos.

Hace un rato, en Valencia de Alcántara, Cáceres
Sábado, 14 de septiembre de 2024

A pesar de haber tenido la precaución de apagar el móvil, Thiago, desconocedor absoluto de los procedimientos policiales, no tiene ni idea de que han podido seguir sus movimientos a través del localizador que lleva el Seat León que ha alquilado con su tarjeta de crédito.

Qué cagada. Es lo que tiene la desesperación, que

te impide pensar con claridad. Queda claro que, como criminal, no tienes futuro, Thiago.

Al llegar a Valencia de Alcántara, a pocos kilómetros de la villa portuguesa de Marvão, un tesoro suspendido en el tiempo en lo alto de una colina donde Thiago pensaba esconderse, se ha desviado por el Paseo de San Francisco y ha aparcado el coche frente al bar El Cofre, donde ha entrado con la intención de tomar un café rápido que lo despejara antes de seguir el camino.

—Buenas, ¿qué te pongo? —le ha preguntado Emilio, el camarero, mientras regresaba a la barra después de servir un par de cafés en una de las mesas.

—Un café americano. Bien cargado —le ha pedido Thiago, evitando la tentación de encender el móvil, por si es noticia o algo. Egocéntrico... Thiago, sin sospechar que su aventura de forajido estaba a punto de llegar a su fin, esperaba que su padre cumpliera con su palabra. Que entretuviera y desconcertara a la policía al menos hasta que él llegara a Marvão.

¿Y después, qué?

No había pensado en el *después*, en tener que pasarse toda la vida escondiéndose en el caso de que encontraran pruebas suficientes para detenerlo. Lo que el chico no ha tenido en cuenta, ya que es algo que se va aprendiendo con las hostias que te da la vida a lo largo de los años, es que de tus propios demonios es imposible huir. Da igual donde vayas. Son fieles compañeros y nunca se cansan de atormentarte.

Emilio le ha servido el café. Buenísimo. Lástima que a Thiago solo le haya dado tiempo a darle un sorbo. Porque, después de localizar el Seat León de alquiler aparcado frente al bar El Cofre, un par de agentes de la Guardia Civil han entrado, *por probar*, y, al reconocer a Thiago, se han dirigido a él como flechas.

CAPÍTULO 28

Vallecas
Tarde del sábado, 14 de septiembre de 2024

Vega se siente rara y ligera sin el peso de su arma que Levrero le ha confiscado.

Desde que sabe que han detenido a Thiago y que Levrero está moviendo los hilos para sacar a Fermín de la cárcel, sus pensamientos, hasta ese momento únicamente dirigidos a Daniel, han cambiado de dirección y se han centrado en una de las personas que más ha perdido en todo esto: Rosa.

Por eso Vega está en Vallecas, llamando al timbre, con la esperanza de que no trabaje los sábados y se encuentre en casa. La voz de Rosa no tarda en emerger a través del telefonillo.

—Quién... ¿Quién es? —pregunta extrañada, ya que no es frecuente que la mujer reciba visitas.

Cuando Vega se presenta, Rosa titubea unos segundos

hasta que, finalmente, le abre la puerta.

Rosa recibe a Vega con la misma mirada triste y temerosa que la primera vez que se vieron hace escasos días, por lo que decide aclararle que no ha venido en calidad de policía.

—Solo quiero hablar con usted. Si tiene un rato y le apetece. Si no, puedo volver otro día.

—Cla-cla-claro... Pase...

—Rosa, conmigo puede estar tranquila —le pide Vega antes de entrar, y sus formas, la dulzura con la que la trata, hace que Rosa confíe. La inspectora le gustó desde la primera vez que la vio. Rosa ha conocido a tantas malas personas a lo largo de su vida, que reconoce de inmediato a las pocas que tienen buen corazón y que aún existen en un mundo en el que dejó de tener fe cuando mataron a su hija.

—¿Café?

—No, gracias, no se moleste.

—Siéntese... por favor.

Vega obedece, sin saber muy bien por dónde empezar.

—Rosa, han pasado muchas cosas desde que mi compañera Begoña y yo estuvimos aquí. No sé si ha encendido el televisor o...

—Lo sé. Sé que Thiago ma-ma-mató a su... a su madre.

Y en las redes sociales, ese mundo cambiante del que Rosa no forma parte, los usuarios han enloquecido por el morbo que ha despertado la resolución del caso Letang.

Que un hijo acabe con la vida de una madre a sangre fría, ha causado indignación incluso entre aquellos que dijeron que el asesino de la presentadora merecía un monumento. Los motivos no importan, solo los hechos, lo perturbador del suceso. En el olvido ha quedado el último sospechoso que salió en el programa especial que le dedicaron a Letang, y no para alabarla después de haber sido asesinada: Santiago Fortes, el prometido de la periodista Arancha Zamorano, otra de las víctimas del sicario de Lidia Letang, que cortó el directo cuando le preguntaron, con muy malas intenciones, si había sido él quien había apretado el gatillo.

Respecto a Pancho, nadie sabe nada. Las autoridades mexicanas siguen buscándolo, sin sospechar que el cuerpo del sicario ha terminado disuelto en ácido sulfúrico en el interior de un barril.

—Han detenido a Thiago. Y todo gracias al inspector Daniel Haro. Mi compañero… mi amigo —añade Vega al cabo de un rato, sin fuerza en la voz y con los ojos a punto de estallar en lágrimas.

Ahora es Rosa quien extiende la mano y la coloca encima de la de Vega con la intención de consolarla. Alguien que ha sufrido tanto como Rosa, reconoce el dolor ajeno con solo una mirada. En el programa que estaba viendo antes de que Vega llamara al timbre, han mencionado que Thiago ha matado a un policía esta madrugada. Ahora deduce que era alguien importante para la inspectora.

—Siento tu pérdida. Ese chico... Lidia era un monstruo, pero ese chico...

Rosa sacude la cabeza, como para deshacerse de algunos recuerdos, de lo mal que Thiago la trataba siempre, con esa prepotencia que parecía innata en él pese a su juventud. Era un chico despreciable, egoísta, caprichoso, cínico e insoportable, que tenía que conseguir lo que quería al momento. Todos tenían que estar siempre a su disposición, en caso contrario, se ponía como un energúmeno. Sus amigos no eran sus amigos, parecían sus esclavos. Ese chico, Rosa siempre lo pensó, tenía un demonio dentro imposible de controlar.

—Rosa, ahora sé que Érica era hija de Roberto. Medio hermana de Thiago. Que todo ocurrió tal y como Bosco le contó dos días antes de suicidarse. La grabación que Bosco dejó grabada, las pruebas, los hechos recientes y el testimonio de Roberto, van a sacar a Fermín de la cárcel. Es inocente, el pobre nunca mereció un escarnio tan brutal. Además, a pesar del año transcurrido, han hallado restos de sangre en el trofeo con forma de pirámide que Bosco mencionó. Supongo que Lidia lo limpió superficialmente y lo volvió a colocar en la vitrina, así que el ADN de Érica sigue en ese trofeo y ahora, por fin, se sabe que fue el arma del crimen. Respecto a las fotos de su hija que pusieron en la caseta del jardinero de los Silva para cargarle las culpas, las hizo Roberto. Supongo que, a su manera, Érica le preocupaba. Sentía interés por ella. Quería que formara parte de su vida, pero nunca tuvo la valentía necesaria para decirle que era su padre.

Rosa comprime los labios y, visiblemente emocionada, dice:

—Roberto no es malo... es un buena persona. Una buena persona que acabó casado con una mujer con el corazón... con el corazón negro. Con mucha oscuridad en su interior. Y usted ahora me ve así, por los palos que da la... la vida. Pero yo... yo era muy guapa, eh, casi tanto como usted —dice Rosa, pizpireta, apartándose un mechón blanco de la frente.

—No me cabe la menor duda —le sonríe Vega—. ¿Hay algo más que me quiera contar? Lo que sea. Quedará entre usted y yo, se lo prometo.

—Poca cosa. Que se ha hecho justicia y me alegro de que los muertos puedan descansar en paz. Que nada... nada me va a devolver a mi niña. Que yo voy a seguir respirando con resignación y sola, muy sola, limitándome a sobrevivir el tiempo que me quede, que no es lo mismo que vivir. Pero, por fin, un monstruo está a punto de desaparecer bajo tierra —dice Rosa de corrillo, con la necesidad de coger aire para añadir—: Y el otro entre rejas.

CAPÍTULO 29

En el piso de Vega, Malasaña
Mañana del domingo, 15 de septiembre de 2024

Desde que Vega se ha levantado perezosa, cansada y sin ganas de hacer nada, no ha parado de darle vueltas a una conversación que tuvo hace años con Daniel, cuando trabajaron en su primer caso juntos. Ambos estaban casados. Se llevaban bien. Nada hacía presagiar que acabarían gustándose y acostándose (solo una vez), aunque luego todo se torciera.

Bajo las órdenes de Gallardo, Vega y Daniel acudieron al escenario del crimen, un estudio de diseño gráfico en Jerónimos, al lado del Jardín Botánico. La recepcionista, la última en irse los viernes por la tarde, había sido apuñalada. Encontraron su cuerpo el lunes a primera hora de la mañana. Nadie la había echado de menos el fin de semana, lo cual indicaba que vivía sola, sus padres no vivían en Madrid y apenas tenían contacto, y era una mujer con poca vida social. No fue un caso difícil. Lo resolvieron en un par de días, dándose cuenta de que formaban un buen equipo y les gustaba trabajar juntos. Resulta que la recepcionista tenía una aventura con el jefe, que estaba casado con una mujer que había contratado a un detective privado un mes antes y los pilló juntos besándose en la salida de un hotel. No era la primera vez que el marido le era infiel. Loca de celos y harta de que el tipo le tomara el pelo, fue al estudio cuando sabía que no quedaba nadie, y mató a la recepcionista, que pagó por todas las infidelidades del pasado.

Cuando resolvieron el caso, Daniel y Vega fueron a tomar unas cervezas al bar Casa Maravillas de Malasaña, lugar que empezarían a frecuentar con asiduidad. Con unas cervecitas de más, Daniel le hizo una de esas preguntas profundas que todos nos hemos formulado alguna vez:

—¿Qué crees que hay después de morir?

—¿Después? ¿Crees que hay un después?

Daniel arrugó la nariz y rio.

—Bueno… me niego a creer que la muerte sea el final.

—Pienso en la muerte —reconoció Vega—. Todos los días. Y no le temo a la muerte ni a los muertos. Si tuviera miedo, no podría trabajar en Homicidios. Pero no creo que haya nada. Solo nos quedamos dormidos. Nuestro cuerpo enferma, envejece, morimos. Dejamos de ser, de sentir. Oscuridad, vacío… la muerte es lo más parecido a la nada. Es la inexistencia. No hay una verdad absoluta al respecto, cada uno cree lo que necesita creer para no tener miedo cuando le llegue la hora o para encontrar consuelo cuando muere un ser querido. Pensar que está en un lugar mejor y esas cosas. Que la muerte no es más que el principio.

—Así que, según tú y después de toda esta parrafada, no hay después. No hay nada.

Vega le dio un sorbo a la cerveza, sonrió con malicia.

—Mi abuela decía que, cuando morimos, regresamos a casa. Nunca lo entendí.

—A casa —murmuró Daniel, dándole vueltas a la expresión—. ¿A qué casa?

Vega se encogió de hombros.

—Como te digo, no lo entendí. No sé qué significa que, cuando mueres, regresas a casa. Algunos dicen que volvemos a las estrellas, porque eso es lo que somos, polvo de estrellas. Yo qué sé... ¿Has experimentado algo raro? ¿Algún fenómeno paranormal? —Daniel negó con la cabeza—. Yo tampoco. Nadie regresa de la muerte para contarte qué hay al otro lado, por eso dudo que haya un después.

—Pues vamos a hacer un pacto —propuso Daniel, a quien se le notaba bastante achispado.

—A ver.

—Si después de morir hay algo, el que muera antes visitará al otro.

—¡No! No, no, no, Daniel, a mí no te me aparezcas

a los pies de la cama.

—Ah, ¿así que das por sentado que yo me voy a morir primero? —Daniel, reprimiendo la risa, fingió estar ofendido—. Con la costumbre que tienes de asomarte peligrosamente a las ventanas, creo que la primera en caer vas a ser tú. Literalmente.

—No si tú sigues estando a mi lado vigilando que no caiga —apuntó Vega, divertida.

—Vale, nada de visitas fantasmales. Pues en sueños, que es menos traumático. El que muera antes, le hace una visita al otro en sueños.

Qué duro está siendo, Vega. Las horas transcurren lentas, pesadas, el reloj parece no avanzar... es un domingo eterno en el que no tienes pensado moverte del sofá. Lo peor es haber acabado mal con Daniel. No haber tenido una última conversación ni haberle preguntado por qué se estaba comportando como un capullo. Qué le había empujado a ser así de ruin, cuando siempre había sido un buen tío. Se le notaba que sentía celos de Levrero. Que no soportara que ella iniciara una relación con él, relación que, si al final Levrero viene a vivir con ella, será más difícil de ocultar. ¿Pero es eso lo que quieren? ¿Seguir saliendo en secreto? Qué estupidez. El caso es que Daniel salía con la abogada y parecía haberle dado fuerte, hasta que se enteró de que ella salía con Levrero y se le fue la cabeza.

«Siempre fuiste tú, Vega».

Qué habría pasado si...

Los pensamientos de Vega sobre esos «y si...» que tanto mortifican cuando ya es tarde para todo, se detienen cuando oye la puerta. Antes de que le dé tiempo de ver a Levrero, un perro que le parece gigante se abalanza sobre ella y empieza a lamerle la cara, provocando lo que hasta hace escasos minutos parecía imposible: que Vega ría como si se sintiera feliz. Cuando el perro se cansa de estar encima de ella, salta del sofá y se da un garbeo por el salón, olisqueándolo todo y moviendo el rabo de un lado al otro enérgicamente.

—Nacho, pero...

Levrero arrastra un par de maletas.

—Salvo encontrar a Pancho, que parece que se lo ha tragado la tierra, lo he hecho todo. En una semana liberan al jardinero. El juez no podía ni mirarme a la cara.

—Qué bien —se alegra Vega, aunque le fastidia que no hayan encontrado al sicario de Letang.

—Y ahora estoy cumpliendo con otra de tus órdenes. Me pediste que viniera a vivir contigo, así que ya puedes ir haciéndome un hueco en el armario. Y, como ves, no vengo solo.

—Pero es un labrador. Es enorme, no creo que un piso sea lo mejor para él... yo voy a tener dos meses libres, ¿pero qué pasará después? Trabajamos a todas horas, Nacho, estará demasiado tiempo solo...

—Contratamos a un paseador de perros. Lo sacamos

antes de irnos a trabajar y por las noches antes de irnos a dormir. Hay solución para todo. Míralo, es buenísimo y está adiestrado. —El perro se ha sentado, los mira jadeante, con los ojitos brillantes y la lengua fuera—. Se llama Marley.

—¿Marley? ¿Así no era como se llamaba el perro de Letang?

—Es que es el perro de Letang. No querrás que acabe en una protectora, ¿no? Pobrecillo.

Marley, como si supiera que tiene que acabar de convencer a Vega para quedarse, se acerca a ella, ahora tímidamente y sin tanto nervio. También parece percibir y sentir su pena. Coloca la cabeza entre sus rodillas y se queda un rato así, tranquilo, levantando la mirada de vez en cuando para mirarla. Vega le empieza a acariciar las orejas y, emocionada, le susurra al que prevé que va a ser su amigo más fiel:

—Hola, Marley. Bienvenido.

CAPÍTULO 30
Adiós, amigo, adiós

Cementerio de la Almudena
Miércoles, 18 de septiembre de 2024

Vega, Levrero, Begoña y Samuel han formado parte, junto a más compañeros de comisaría, familiares, amigos, Sara, la exmujer, y Helena, la actual novia, del último adiós a Daniel. El excomisario Gallardo, que ha pedido un permiso especial en prisión, también ha asistido al funeral.

Ha sido una ceremonia triste, ¿qué despedida no lo es?, en la que han abundado las lágrimas y los recuerdos compartidos con el protagonista del día.

¿Qué hay después de morir?

¿Hay un *después*? ¿Lo sabes ya, Daniel? Siempre te gustó ir un paso por delante.

A Vega le da la sensación de que Daniel, pese a no estar, pese a haber alcanzado esa inexistencia de la que hablaron hace tantos años, estaba. Ha estado más presente que nunca en cada una de las personas que lo conocían y lo querían. Creemos en lo que necesitamos creer. En aquello que nos dé un poco de calma y de consuelo para superar las pérdidas que, inevitablemente, todos sufriremos a lo largo de nuestro camino. Pensar que ahora Daniel está en un lugar mejor. Que el cuerpo no es más que un caparazón que aprisiona el alma, al fin libre de ataduras. Que era su hora, que estaba escrito, que nadie podría haberlo evitado. Que puede que ya no le quedara nada por aprender en este mundo extraño en el que hacemos lo que podemos lo mejor que sabemos.

Y al final, Vega se ha quedado sola. Levrero, Begoña y Samuel ya deben de haber llegado a comisaría cuando los padres de Daniel, los últimos en resistirse a abandonar la tumba de su hijo, se marchan. No hay nada peor que perder a un hijo, ¿cuántas veces ha escuchado Vega esa expresión? ¿Cuántas veces llegó a escucharla Daniel?

Parece mentira.

A Vega, que ha esperado paciente a que la tumba se quede sola, le parece irreal que, a partir de este momento, alguien tan importante en su vida como lo fue Daniel, empiece a formar parte del pasado. Aunque no se hablaran. Aunque les costara mirarse y ella estuviera tan enfadada y dolida con él. Aunque la última vez que se vieron él la forzó y ella lo empujó y le gritó.

Con el corazón en un puño, contempla con pena las coronas de flores. Son tantas, que apenas dejan ver la tumba en la que, en unas semanas, añadirán la placa con el nombre de quien reposa bajo tierra. Vega se agacha, acaricia el granito, se permite llorar.

—Feliz regreso a casa, Daniel. Nos vemos en los sueños.

Made in United States
Orlando, FL
12 July 2025